東野圭吾

恋のゴンドラ

Love ♡ Gondola

by Keigo Higashino

実業之日本社

恋のゴンドラ　目次

Love ♡ Gondola

ブックデザイン　坂野公一（welle design）

イラストレーション　loundraw

恋のゴンドラ
Love ♡ Gondola
by Keigo Higashino

ゴンドラ

Love ♡ Gondola
by Keigo Higashino

1

ひと滑りしてゴンドラ乗り場に戻ってくると、思った以上に長い列ができていた。スノーボードのバインディングを外しながら、広太《こうた》は舌打ちした。

「何だよ、急に混んできちゃったなあ」

「団体客のバスが着く時間帯なんじゃない」

雪の上に尻を下ろしてバインディングを外していた桃実《ももみ》が、ボードを抱えて立ち上がった。白とピンクのチェック柄のジャケットに、グリーンのパンツという組み合わせだ。本人によれば、桃の木をイメージしたらしい。

「あー、そうかもしれないなあ。ちぇっ、タイミングが悪かった。ようやく気分が乗ってきたっていうのに」

「焦らない、焦らない。いいじゃない、別に。のんびり滑ろうよ」

桃実の言葉に、それもそうだ、と納得する。今回の旅行では、パウダーを存分に食ってやろうとか、圧雪バーンをカービングで切りまくってやろうといった野望はなかったのだ。とにかく楽しく過ごせればいい、というのが第一だった。

「焦るつもりはないんだけど、桃実ちゃんがこんなにうまいとは思わなかったから、ついテンションが上がっちゃうんだよね」

「えー、そんなにうまくないよ。広太君こそ、すごいよね。さっき、スイッチで滑ってたでしょ。ワンエイティもしてたし」

桃実の言葉に、広太の鼻は膨らむ。腕前をアピールするためのパフォーマンスを、ちゃんと見ていてくれたようだ。

「あんなの大したことないよ」

「えー、そうなの？　あたしには神業にしか見えないんだけど」

「それは大げさだよ。あんなこと誰だって出来る。桃実ちゃんだって、ちょっと練習すればすぐに出来るよ」

「そうかなあ」

「出来るって。じゃあ、次、挑戦してみよう」

「えー、無理無理」

「無理じゃない。何事もチャレンジだ。出来るまで休憩はなしだ」

「わあ、すっごいスパルタ」そういいながらも桃実は楽しそうだ。もちろん広太も楽しい。

スノーボードを抱え、二人で列の後ろに並んだ。すると、すぐにどこかの女性グループが彼等の後ろについた。やけに口数の多いにぎやかな連中だが、周りの雰囲気が盛り上がるのは悪くない。スキー場を訪れる客が年々減っているという話だが、今日はなかなか盛況のようだ。

混んではいるが、列は少しずつ前へと進む。

「それにしても、コンディションがよくてラッキーだったね」桃実がいった。ミラーのゴーグルと分厚いネックウォーマーの間から、笑った口元が見えた。

「本当にそうだ。こんなに良い雪になるとは思わなかった。天気予報が外れてよかったよ。雨かもしれないなんていう話まであったからなあ」

「雨はやだよね」

「全くだよ。それだけは勘弁。俺なんて今回は、上から下まで新品だからね」

「あっ、そうだった。危なかったねえ」

「ほんと、助かったよ」

広太のウェアは、ジャケットが紺色でパンツはグレーだ。はっきりいって、今日のために買ったのだ。桃実との初スノーボード・デートのために。いや、新品なのはそれだけではない。スノーボードもブーツも、それどころか頭にかぶっている黄色のビーニーでさえも、この日のために買ったのだ。

列はゆっくりと進み、階段にさしかかった。足元に気をつけながら、一段一段上がっていく。

「ねえ、ここって担々麵《タンタンメン》が有名なお店があるんだよね」桃実がいった。

「そう。野沢菜が入ってるんだ。すっごくおいしいよ。俺、毎回食べてるよ」

「えっ、食べたーい」

「オッケー。じゃあ、お昼はそこにしよう。日向《ひなた》ゲレンデを降りていったら近いはずだ」

「すっごーい。広太君、このスキー場に詳しいんだね」

「そりゃあ、ここへはほぼ毎年来てるからさ」

すごーい、と桃実は繰り返した。

楽しいなあ、と広太は悦《よろこ》びを嚙《か》みしめていた。好きな女の子と二人きりで、冬場の最大の趣味であるスノーボードに来られたのだ。今日から二日間、ずっと一緒だ。宿はスキー場のそばにあるホテル。夜はどんなふうに過ごそうか。想像は際限なく膨らむ。ただし、あまり膨らませるとスノーボードどころではなくなるので、ほどほどにする。

ようやく階段を上がりきった。スノーボードカバーを入れたカゴが置いてある。広太は片手を伸ばして二枚取り、一枚を桃実に渡した。桃実がボードにかぶせるのに手間取っているので、手伝ってやる。どこのスキー場のゴンドラに乗っても思うことだが、なぜボードカバーは使いづらいのか。もう少し工夫できんものか、と思う。

乗り場が近づいてきた。

「すみませーん、相乗りでお願いいたしまーす」若い女性の係員が甲高《かんだか》い声でいっている。桃実と二人きりで乗りたい広太としては、あまり面白くない状況だ。しかし、これだけ混んでいては文句はいえなかった。ここのゴンドラは最大十二名が乗車できる大型なのだ。

広太たちの番になった。空のゴンドラが回ってくる。先に桃実を乗せ、広太が続いた。奥の席に座った彼女に向き合う形で、座席に腰を下ろした。

当然のごとく、見知らぬグループが後から乗り込んできた。女性ばかりの四人組で、まだ席に腰を落ち着かせないうちから、きゃあきゃあと何事か意味不明なことを口走っている。列に並んでいた時から、ぺちゃくちゃとよくしゃべっていた連中だ。よりによってと思ったが、乗車時間は十数分、我慢するしかない。

ドアが閉まり、ゴンドラが速度を上げた。外を見ると、辺り一面雪景色だ。カラフルなウエアに身を包んだスキーヤーやスノーボーダーたちが、あちらこちらで開放感に溢《あふ》れた滑りを披露している。

「わあー、感激ー、久しぶりぃー」四人組の一人が、はしゃいだ声を上げた。広太のすぐ左隣にいる女だ。「ボードなんて学生時代以来だからねえ。えーと、七年ぶりか」

「エリカ、あんた滑れる? あたし、全然自信ないんだけど」広太の左斜め向かいの、グリーンのジャケットを着た女がいった。エリカというのは、広太の隣の女らしい。

「何とかなるんじゃないの。ていうか、七年前だって、まともに滑れてたかどうかわかんないから、あれより下手《へた》になってたとしてもたかが知れてると思うんだよね」そういって、ぎゃははは、と笑った。

広太は頭の中で計算する。学生時代以来で七年ぶり？　最後に行った時に何年生だったかが大きな問題だ。一年生なら、今は二十五歳ぐらい。いや、それはないなと言葉遣いと雰囲気で判断する。最後に滑ったのは卒業目前の二十二歳で、今は二十九歳。うん、このあたりが妥当だと自分なりの答えを出した。

「そもそも、この四人で旅行すること自体、久しぶりだもんね」別の女が少し沈んだ口調でいった。声の方向から察すると、広太の二つ隣だ。「わざわざごめんね」

「えっ、なんであやまんの？　はっきりいって、めっちゃ楽しんでんだけど」広太の隣の、さっきエリカと呼ばれた女がいった。

「そうだよ。せっかく久しぶりに集まったんだから、チハルも楽しみなよ」グリーンジャケットの女がいう。広太の二つ隣の女はチハルというらしい。

「でも思ったより寒くないね。もっと寒いかと思ったんだけど」エリカがいった。

「うん。ウェアの下、三枚でよかったかも」

グリーンジャケット女の言葉に、広太は思わず目を向けてしまう。三枚でよかった？　一体、今は何枚着ているのか。

その時だった。それまで黙っていた、グリーンジャケット女の隣に座っている女が言葉を発した。「あたしも着すぎちゃったかも。このウェア、思ったよりもあったかいんだよね」そういって赤いウェアの袖をつまんだ。

その声に広太は反応した。よく知っている人物の声に似ていたからだ。横目で、ちらりと見る。ゴーグルとフェイスマスクのせいで、顔は全くわからない。

「今回のために買ったとかいってたよね」エリカが赤いウェアの女を指差す。

「そう。だって前のウェア、もうずいぶん長く着てるもん。そろそろ新しいのがほしいなと思ってたんだ」

やっぱり似ている。口調もそっくりだ。不吉な予感が胸に広がっていく。ボードを見ると、どうやらレンタルのようだ。

「一式買ったの?」尋ねたのは、チハルと呼ばれた女だ。

「ウェアと手袋。でもやっぱりゴーグルも買えばよかった。これ、すぐに曇りそう」そういって赤いウェアの女がゴーグルを外した。その弾みにフェイスマスクがずれ、顔が露《あらわ》になった。

広太は心臓が口から飛び出そうになった。

赤いウェアの女は美雪《みゆき》だった。

そして美雪は、広太の同棲《どうせい》相手だった。

2

広太は都内のリフォーム会社で働いている。営業と設計が担当で、勤続年数はちょうど十年だ。給料はあまり高くないが、新しく生まれ変わった部屋に顧客たちが目を輝かせてくれるのを見ると、この仕事を選んでよかったと思える。

その会社に美雪が入ってきたのは、今から三年とちょっと前だ。入ってきたといっても正式採用ではなく、契約社員としてだった。彼女の担当はCADで、平たくいえばコンピュータを使って図面を描いたり、完成予想図を3Dで表現したりするのが仕事だ。広太たちにとっては、心強い補助役である。当然、やりとりすることも多い。

やや吊《つ》り上がった目が印象的な美雪だが、その見かけほどには勝ち気な性格ではなかった。むしろ、相手をたてようとするところがあった。広太の仕事ぶりに感心してくれることも多かった。若い女性から褒められて悪い気がする男はいない。おまけになかなかの美人だ。広太が彼女を好きになるまでに時間はかからなかった。

思いきって告白してみると、美雪のほうも彼のことを憎からず思ってくれていたようで、意外なほどにすんなりと交際が始まった。

相性がよかったらしく、大きな喧嘩《けんか》をすることもなく三年間が過ぎた。その間に二人は同じ部屋で暮らすようになっていた。１ＬＤＫだが、部屋を有効に利用することにかけてはどちらもプロだ。狭いと感じたことはなかった。

そして同棲開始からちょうど一年が経《た》った昨年の秋、ついに美雪が切りだしてきた。

「ねえ、将来のことって考えてる？」

夕食を終え、二人で発泡酒を飲んでいる時だった。広太はテレビをつけようとリモコンを手にしていた。

来た、と思った。内心恐れていたことだった。もっと早くテレビをつけていればよかったと後悔した。しかしいずれ決着をつけねばならないことではあった。

「将来って？」リモコンを置き、訊《き》いた。

「二人の将来」彼女はいった。「ねえ、こっち見て」

はい、と顔を上げる。美雪と目が合った。そらしたくなったが、何とか堪《こら》えた。

「どう考えてる？　このままずっと同棲を続けてく気？」

広太は自分の髪をいじった。「いけないかな」

「じゃあ、あっちはどうする？」

「あっちって？」

すると美雪は親指と人差し指で輪を作ってみせた。

「あたしはね、そろそろあれは使わないようにしようかなって思ってるんだけど」

コンドームのことだ、とわかった。

「子供がほしいってこと？」

うん、と美雪は広太の目を見つめたままで頷《うなず》いた。

「だってあたし、もう二十九だよ。来年は三十。今すぐ作っても、全然早くない。避妊しないからって、すぐにできるとは限らないし」

彼女の意見は正論だった。広太としては、選べる道は二つしかなかった。自分は子供なんてほしくない、だから別れよう、というのがその一つ。しかしそれは採れなかった。彼自身が別れたくないからだ。

となれば、残るのは一つしかない。

わかった、と小声で答えた。

「どうわかったの？」美雪が問うてくる。こういう時、やや吊り上がり気味の目は、威圧感を発揮する。

だから、と広太は呟《つぶや》いた。「コンドームの件」

「使わないってことでいいね？」

「うん」

「よかった」美雪の唇が少し綻《ほころ》んだ。「でもそうすると、問題が一つあるね」

「何？」わかっていたが、訊いてみる。

「だって赤ちゃんができたら、当然両親に報告しなきゃいけないわけだよね。その時になって、じつは同棲してましたなんていえないでしょう?」美雪の目が、きらりと光ったように見えた。

広太も美雪も実家は地方にあった。当たり前のことだが、同棲していることは親には内緒だ。幸いどちらの両親も、三十歳前後にもなった我が子の独り暮らしの状況を確認しようとはしなかった。

美雪の弁舌は見事としかいいようがなかった。まるで詰め将棋のように、広太の逃げ道は次々に封じられていった。

うーん、と彼は唸《うな》った。「それはまあ、そうだねえ」

「でしょう? 妊娠したとわかった時には、堂々と親に報告したいよね。そうして、喜んでもらいたい。少なくとも、あたしはそう」

もちろん、と広太はいった。「俺だって、そうだよ」

「だよねえ」

だからどうするのだ、さっさと観念しろ、と美雪の目は宣告していた。

うん、と広太は腕組みをした。

「つまり、お互いの親に挨拶しておけばいいわけだ。そういう仲であると」

「そういう仲って?」

「だからその」広太は咳払《せきばら》いをした。「子供ができてもいい仲だと。子供を作ろうとしているると」

美雪の眉間《みけん》に皺《しわ》が生じた。苛立《いらだ》っているようだ。

広太は諦めた。もう逃げ道はない。

要するに、と彼はいった。「結婚すればいいわけだ。その挨拶を双方の両親にしておけば、何の問題もない」口にした瞬間、胸中に広がったのは、敗北感だった。

美雪の眉間の皺がぱっと消え、顔が輝いた。

「えっ、何それ？　プロポーズ？」

もし椅子《いす》に座っていなかったら、がくっと膝《ひざ》を折って、ズッコケポーズを取っていたところだ。何がプロポーズだ。そっちが誘導尋問したんじゃないか。しかし口が裂けてもそんなことはいえない。

「まあ、そうだよ……」しょんぼりしながらいった。

「やった。うれしいっ」美雪は立ち上がり、広太に抱きついてきた。

彼女の身体《からだ》に腕を回しながら、こんなに喜んでくれるんだからまあいいか、と広太は思った。本音をいえば、独身という気軽な立場のままで今の関係を続けていきたかった。結婚となれば、責任やら何やら、いろいろと背負うものが増えそうな気がする。しかし相手のことを思えば、いつまでもそんなことはいっていられない。そろそろ年貢の納め時かもしれないな、と自覚してもいたのだ。

　話が決まると女の行動は早い。その次の土日は、双方の両親への挨拶に費やされることになった。広太の福井にある生家に美雪を連れて帰った翌日には、彼のほうが名古屋にある彼女の実家に挨拶に訪れていた。幸い、どちらの両親も喜んでくれた。同棲していることを打ち明けても叱《しか》られなかった。それどころか、すぐに子供を作るつもりだから結婚式の時に妊娠しているかもしれない、という美雪の言葉に誰もが嬉《うれ》しそうな表情を見せた。広太の母親などは、「それはいいねえ。今時、できちゃった婚なんてどうってことないし、結婚式の予約を先にしてあれば何も問題ないからね。大丈夫、大丈夫。がんばりなさい」と発破をかけてきたぐらいだ。

　結婚式は五月と決まった。広太は少しでも先に延ばそうとしたが、美雪は頑として譲らなかった。彼女の誕生日は六月で、何としてでも二十代のうちにウェディングドレスを着ておきたいというのだった。

　美雪のテンションが上がっていくのと対照的に、広太の心はどんどん沈んでいった。腹を決めたはずなのに、結婚によって大きなものを失うような気がしてならない。所謂《いわゆる》、マリッジブルーというやつだった。

　そんな時、学生時代の友人から合コンに誘われた。その友人は広太に恋人がいることは知っていたが、結婚が決まったことは知らなかった。広太が話していないのだから当然だ。

気晴らしに参加してみた。五対五の合コンだ。相手はデパートの化粧品売り場で働いている女性たちだという話だった。

そこで桃実と出会った。くりっとした目と少し厚めの唇が印象的、というより艶《なま》めかしい女性だった。ぴったりとしたニットは、胸が大きいことを強調していた。何もかもが広太のタイプだった。

話をしてみると、趣味はスノーボードと映画鑑賞だという。これまた広太と合致している。たちまち意気投合した。近々二人で会おうという話になり、その場で連絡先を交換し合った。

合コンの翌週、広太は桃実とデートした。食事をし、少し酒を飲んだ。やはり話が弾んだ。心はずっとわくわくしていた。そんなことは久しぶりだった。

楽しい時間は、あっという間に過ぎる。広太は、独り暮らしをしているという桃実を部屋まで送っていった。もしかしたら部屋に入れてくれるのではないか、という淡い期待は空振りに終わったが、マンションの近くでキスをすることには成功した。

その日、部屋に帰ると美雪はパソコンに向かって何やら作業をしていた。

「お帰り。遅かったね」彼女はいった。

「思ったよりも仕事が長引いたんだ。それでお疲れ様ってことで、ちょっと飲んできた」

「ふうん」

契約社員だった美雪は、一年前に広太とは別の会社に移っている。この夜は、夕食は外で済ませると電話で伝えてあった。

広太は着替えながら美雪が睨《にら》んでいるパソコンのモニターを覗《のぞ》いた。そこに映っているのは、ウェディングドレスの画像だった。

カウントダウンが始まっていることを、広太は改めて痛感した。

広太はそれからも何度か桃実とデートを重ねた。こういうことができるのも今のうちだけだ、と自分にいい聞かせていた。美雪と結婚したら、桃実とはすぱっと別れるつもりだった。それだけに、今を大切にしたかった。

やがて待ちに待ったスノーボードのシーズンがやってきた。桃実との間でも、当然そういう話になる。一緒に行きたいね、と彼女がいった。

「そうだよね。でもどこに行く？　里沢温泉《さとざわ》とかは？」

広太の提案に桃実が胸の前で手を叩《たた》いた。「あっ、行きたーい」

「あそこ、最高だよね。でも日帰りだと、ちょっと遠いかな」軽く小首を傾《かし》げてから、さも何でもないことのような顔をして、「泊まりはだめ？」と訊いてみた。

二人の間に、まだ肉体関係はなかった。広太としては、ここが勝負所だと思っていた。

桃実は少し顎《あご》を引き、丸い目で二度瞬《まばた》きした。真剣な表情を見て、やっぱりだめかと広太が諦めかけた時、彼女の厚めの唇が動いた。

「そうしよっか」

あまりにあっさりとした言い方だったので、一瞬聞き間違えたのかと広太は思った。だが次の彼女の台詞《せりふ》が、そうでないことを示した。

「せっかくだから、二日ぐらい滑りたいし」

「そうだよねっ」広太は思わず声に力をこめた。「じゃあ俺、宿とか手配するから」

「うん、お願い」桃実はにっこり笑った。

広太の心は、ぴょーんと空まで飛んだ。

二人で話し合い、日程を決めた。土日は混むので、双方が有給休暇を取り、金曜日から行くことになった。

まさに夢見心地《ゆめみごこち》だった。泊まりで桃実とスノボー旅行。ついに最後の一線を越えられそうな気配だ。

しかし障壁はあった。無論、美雪のことだ。

ある日、会社から帰るなり広太はいった。

「参ったよ。来週末、俺、軽井沢《かるいざわ》だから」

「軽井沢？　どうして？」

「別荘のリフォーム物件で、その引き渡しに立ち会わなきゃいけなくなったんだ。その後、完成披露パーティをするらしいんだけど、お客さんから是非出席してくれっていわれちゃってさあ。仕方ないから付き合うことにした」

「そう、大変だね。うん、了解。ちょうどよかった。その日、友達の家でパーティをしようってことになってるから。泊まってもいいよっていわれてるし」

「そうか。せっかくだから楽しんできなよ」

「うん、そうする」

美雪は怪しむ素振りを見せなかった。これで第一関門突破。しかし、まだまだハードルはある。

スノーボードは広太の長年の趣味だ。美雪とも何度か行ったことがある。難点は、道具やウェアが嵩張《かさば》ることだ。そこでベッドの下のスペースを、二人のスノーボードグッズの収納場所にするということで話が落ち着いた。したがって、今も一式そこに保管してある。

そこから広太のボードやブーツ、そしてウェアだけが消えていたらどうなるか。万一、美雪に気づかれた時、言い訳ができない。

悩んだ末に出した結論は、全部新たに買う、だった。

仕事の合間にショップに行き、スノーボード、ブーツ、バインディングの三点セットのほか、ウェアやゴーグル、ビーニーまで買った。総額は十万円を超えたが、そんなことはどうでもいい。問題は、買ったものをどこに隠しておくかだ。

広太は友人を利用することにした。合コンに誘ってきた男だ。事情を話すと、二つ返事で了承してくれた。

「本命の彼女を騙《だま》して浮気旅行か。羨《うらや》ましいねえ。わかったよ。全部、俺のところへ送ってくれていい。ただし、浮気旅行の首尾は聞かせろよ」幸い友人は磊落《らいらく》な男だった。

金曜日の早朝、広太はスーツ姿で自宅を出た。美雪はベッドの中から見送ってくれた。後ろめたさを感じたが、枕元に置いてある結婚情報誌を見て、独身最後のアバンチュールだと割り切ることにした。

友人の部屋で、旅行用の服に着替えた。友人には迷惑料として五千円を支払うことで話がついていた。

「やれやれ、浮気をするのも大変だな。そんなに新しい彼女がいいなら、本命とは別れちゃえばいいじゃないか」眠そうな目をこすりながら友人がいった。

「それがそういうわけにもいかないんだよ。もう、後には引けない状況でさ」

「後に引けない？　それ、どういう意味だ」

「……何でもない」

結婚話が進んでいる、とはいえなかった。友人にとっては面白すぎる話題で、あれこれと質問攻めにされるに違いないからだ。本人にとっては深刻極まりないのだが。

支度を済ませ、荷物を担いで東京駅に向かった。八重洲《やえす》中央口に行くと、かわいいフード付きのダウンジャケットを着た桃実が待っていた。広太に気づくと、笑って手を振ってくれた。

駆け寄りながら、天国の時間が始まる、と思った。

3

地獄の時間が始まっていた――。

広太の頭の中では、様々な疑問が渦巻いていた。なぜ美雪がここにいるのか。会社はどうしたのか。ほかの三人は何者なのか。

「あー、早く温泉に入りたい」グリーンジャケットの女がいった。

「もう？　まだ一本も滑ってないのに」エリカが突っ込む。

「だって、どっちかというと温泉目当てで来たんだもん。ボードはまあ、おまけってところかなあ」

「ユミは昔からそうだよね。だからおばさん臭いっていわれんだよ」

「ほっといて。これが私の生き方だから」

グリーンジャケットの女はユミというらしい。

ぽんと閃《ひらめ》いた。美雪の話に、ユミという名前の友人がしょっちゅう出てくる。大学時代に入っていたサークルの仲間だったはずだ。夏はテニス、冬はウインタースポーツを楽しむという建前で、実態は単に飲み会を開いているだけだったらしい。

そういえば、と広太は記憶を探る。当時の話を美雪がする時、チハルやエリカという名前も頻繁に出てきたような気がする。今も時折集まるともいっていた。

そんなことを考えながら、広太は改めて四人組の顔をこっそりと見回してみて、ぎくりとした。美雪の目が、じっと彼の顔を捉《とら》えていたからだ。驚いて思わず背筋を伸ばすと、彼女は目をそらした。

「ねえ、どうしたの？」チハルという女が美雪の膝を叩いた。「何か、急に元気がなくなったみたいだけど」

「ううん、別に何でもないよ」美雪は首を振り、フェイスマスクを付け、ゴーグルを装着し直した。その声は不機嫌さが籠《こ》もっているように聞こえた。

広太は身体を硬くした。もしや正体がばれているのか——。

自分の服装を確認した。ジャケットもパンツも新品で、去年まで着ていたものとは色が全く違う。黄色いビーニーだって、美雪は見たことがないはずだ。ゴーグルはミラーレンズで、外からは中が見えない。加えて、今はフェイスマスクをしている。

どう考えても、ばれるはずがなかった。広太は体格も平均的だ。ゴンドラに乗ってからは一言もしゃべっていないから、声も聞かれていない。

いや——。

乗る前はどうだったか。もちろん、しゃべってないなんてことはない。たとえば担々麺の話をした。あの時の会話を聞かれたのか。だが声だけで気づくだろうか。似ていると思ったとしても、ただそれだけのことではないのか。

あの時のやりとりを思い返し、どきりとした。一度だけ、桃実が広太の名を口にしている。たしか、「広太君、このスキー場に詳しいんだね」といったのだ。

あれを聞かれたのだろうか。

まず声を聞いて、広太の声に似ているなと思い、耳を澄ませて名前を確認したなら、美雪が気づいた可能性はある。

そう考えると、さっき彼女がわざわざゴーグルを外した行為にも意味があるように思われてきた。もしかすると彼女は、自分の存在を広太に知らせようとしたのではないか。

心臓の鼓動が速くなってきた。全身から冷や汗が噴き出す。

ねえねえ、と桃実が身を乗り出してきた。「次は、どのコースを滑る?」

呑気《のんき》な質問に、広太の神経が尖《とが》る。桃実に罪はないとわかってはいても、今は話しかけないでくれと思った。それどころではないのだ。だが答えないでいたら、次は名前を呼びかけてくるかもしれない。それだけは絶対に避けねばならなかった。

広太も身を乗り出した。グローブで口元を包み、「山頂リフトに乗ろう」と小声でいった。

「えっ、どこ?」聞こえなかったらしく、桃実はさらに顔を近づけてきた。

「山頂」聞こえてくれと祈るような気持ちでいった。

うんわかった、と桃実は頷いた。

広太は、おそるおそる美雪の様子を窺《うかが》った。今のやりとりが聞こえただろうか。声を聞いて、やはり広太だと確信したりはしていないだろうか。

「それにしてもチハルは男運が悪いよね」すると美雪が唐突にいった。「これで何回目だっけ。浮気されて別れるの」

浮気、という言葉に電気ショックのような衝撃を受けた。広太は尻が浮きそうになった。

「えっと、四人目かな」

「そりゃ多いねえ」エリカが呆《あき》れたようにいう。「男運が悪いというより、男を見る目がないんじゃないの」

「うーん、やっぱりそうなのかなあ」

「違うよ。チハルは、そういう男が好きなんだって」そういったのはユミだ。「ちょっといい加減で、チャラいのが。昔からそうだったもん。だからある意味、仕方ないの。気にしないで、さっさと次の男を見つければいいんだよ。次のチャラい男を。はい、これで解決。あとは温泉旅行を楽しもう」

「あんたは、そればっかりだね。で、チハルは次の男にも浮気されて、またうちらが慰め旅行に誘うわけ？　まあ、それでもいいけど」

エリカの話から、広太はおおよその事情を察した。どうやらチハルが恋人に浮気され、それが原因で別れた。その傷心を慰めるために、ほかの三人が彼女をこの旅行に誘ったらしい。

あたしは、と美雪が口を開いた。「教育次第だと思う」

「どういう意味？」チハルが問う。

「好きになっちゃった男がチャラい男だったとしても、ほかの女に目が向かないように教育すればいいってこと。要は手綱の締め方が足りないんだよ」

「手綱ねえ。あたし、そういうの苦手だから」

「そんなこといってちゃだめ。また遊ばれちゃうよ」

「その点あんたは昔から、男の舵取《かじと》りが上手《うま》かったからねえ」エリカが美雪に向かっていった。「今、同棲中だったよね。どうせ彼氏のことを締め付けてんじゃないの」

「失礼な。そんなことないよ。必要ないし」

広太は唾《つば》を呑《の》み込もうとした。しかし口の中はからからだ。

「心配いらないってこと？」ユミが訊いた。

「うん。見た目は軽そうだけど、じつは真面目《まじめ》っていうタイプ。だから信用してる」

おや、と広太はゴーグルの下で瞬きした。今の台詞は、本心のように聞こえたからだ。つまり美雪は、ここにその同棲相手がいることに気づいていないのか。

いや、安心はできない。じつは気づいていて、敢《あ》えて「信用」という言葉を使うことで、広太に良心の呵責《かしゃく》を感じさせようとしている、ということも考えられる。

「じゃあさあ、もし彼氏が浮気してたらどうする？　婚約破棄？」

エリカの質問に、広太の心臓は縮み上がった。

美雪は少し考えた後、「それはないいな」と答えた。

「別れないの？」チハルが驚いたようにいった。

うん、と美雪は頷いた。

「だってそれじゃあ、相手の思う壺《つぼ》じゃない。あたしはチハルとは違う。相手を楽にはさせてやらないの」ぞくりとするほど冷徹な口調でいった。

「えっ、どうすんの、どうすんの？」ユミが好奇心丸出しの様子で、美雪のほうに顔を向けた。

「どうせ男なんて、結婚しても一生のうちに何度かは浮気すると思うんだよね。だったら結婚前の浮気の一回ぐらいは我慢したっていい。問題は、その後」

ふむふむ、とほかの三人が美雪のほうに身体を近づける。広太も話の続きが気になった。

「わあ、すごいよ。見て見て、あんなすごいところを滑ってる」桃実が窓の外を指しながらいった。

この局面で話しかけるんじゃねえよ、といいたいところだが、無視するわけにもいかないので指されたほうに顔を向けた。「あっ、ほんとだ」

「えっ、どこ見てんの？　そっちじゃなくて、あっちだよ」

広太は泣きたくなった。どっちでもいいよと思いつつ、きょろきょろしてみる。

「ここで手綱の出番というわけ」美雪が話し始めた。「その浮気については我慢したけれど、許したわけではないってことをきちんといっておくの。気に入らないことがあれば、この先も何度か蒸し返すかもしれないってね。これでもう結婚後のイニシアティブはこっちのもの。相手の好きなようにはさせない」

「なるほどねえ」エリカが感心したような声を上げた。「怖い女だねー」

「あたしを裏切ったんだから当然だよ」

「恐妻家の出来上がりというわけだ」

ユミの言葉に美雪は首を振る。

「恐妻家？　甘いね。下僕の出来上がりだよ。一生、あたしの下僕」

ぎゃははは、とエリカは笑い、ユミは呆れたように両手を軽く上げた。チハルはただ、すごいすごいを連発している。

そして広太は全身から血の気が引いていた。一生下僕――。

やはり美雪は、彼の存在に気づいているように思えてきた。その上で、わざとこんな話をしているのではないか。わかってるね、あんたは明日から下僕だからね、と。

「まあでも、どの段階だったかにもよるな」美雪がいった。

「段階って？」チハルが訊く。

「浮気相手との関係。セックスしてなかったのなら、下僕は勘弁してやってもいい」

そうなのか。わずかに光が見えてきたような気がした。

ただし、と美雪は続ける。

「あたしに問いつめられる前に自首してきた場合にかぎりだよ。そうでないのならだめ。どうせ尻尾《しっぽ》を出さないなんてことはありえないから、あたしは気づいちゃうと思うんだよね。でも猶予期間を与える。その間に自分から白状したらセーフ。そうでなかったらアウト。これでも結構温情があるほうだと思うよ」

えっ、それはどういうことなのか――広太は考えを巡らせる。

美雪がこの場に広太がいることに気づいていて、こんな話をしているのだとしたら、すでに猶予期間が始まっているということか。そのタイムリミットはいつなのか。

このゴンドラを降りたら、次に会うのは明日の夜になる可能性が高い。その時、広太は桃実とセックスをしているだろう。もししていなかったとしても、美雪が信用するとは思えない。

要するにゴンドラから降りるまでが猶予期間なのだ。美雪は、今ここで白状しろ、と暗に迫ってきているのだ。

いやしかし――。

違う可能性もある。

すべて広太の思い過ごしで、じつは美雪は何も気づいておらず、たまたまこんな話をしただけなのかもしれない。

きっとそうだ。そうに違いない。そう信じたい。

「あんたの彼氏って、そのあたりどうなの？　あんたに感づかれたってことを察知して、あっさり謝るほう？　それとも、とりあえず粘ろうとしそう？」

うーん、どうかなあと首を捻《ひね》ってしばらく黙り込んだ後、美雪は不意にゴンドラの進行方向を指差した。

「ねえ、見て。このスキー場もそうだけど、ゴンドラとかリフトの鉄塔に分数を書いた看板が付いてることがあるよね。ここだと三十三分のいくつって。鉄塔は全部で三十三あって、今はどのあたりにいるのかを教えてくれてる」

彼女の言葉の後、ふっと奇妙な沈黙の時間が流れた。

「えっ、何それ？　それがどうかした？　今の話とどう関係してんの？」ユミが尤《もっと》もな疑問を口にした。

「あれってさ、逆に考えるとカウントダウンにもなってるんだよね。もうすぐ終点だから、さっさと支度をしなさいよって感じで」

「それはわかってるよ。だから、それがどうしたのかって訊いてんだけど」ユミが苛立った声を出した。

ほかの三人にはわからないようだが、広太には美雪の意図がはっきりとわかった。もはや疑問の余地はない。彼女は広太を急《せ》かしているのだ。さっさと白状しないとゴンドラが着いちゃうよ、そうしたらアウトだよ、と。

広太は腹をくくった。この場で正体を明かし、許しを乞うのだ。ほかの三人には馬鹿にされるだろうし、桃実には軽蔑《けいべつ》されるだろうが、仕方がない。彼女等は所詮《しょせん》他人だ。しかし美雪とは一生付き合っていかなければならないのだ。

ねえねえ、と桃実がまた何か話しかけてきた。だがもう無視だ。広太はゴーグルに手をかけた。

4

「彼、三十三歳なんだよね」美雪が話を続けた。

広太はゴーグルを外しかけていた手を寸前で止めた。

「この鉄塔の数と同じ。で、あたしは二十九歳。出会った時の彼の歳《とし》。でもさあ、当時の彼は今のあたしなんかより、はるかにしっかりしてたし、仕事も出来た。大人だったたし、プロフェッショナルだった。彼の三十三分の二十九は、ずっと高いところにあった。それに比べて、今のあたしはどうよって思うわけ。あたしが三十三歳になった時、今の彼みたいに立派になってるかなって考えたら、ちょっと自信ない」

「そんなにいい人なんだ」チハルが羨ましそうにいった。

うん、と美雪は頷いた。口元は見えないが、微笑《ほほえ》んだような気がした。

「だからね、浮気についていろいろと仮定の話をしたけど、ばれそうになったら彼が白状するかどうか、なんて考えられない。だって浮気なんかしないと思うから。そんな人じゃないから」

へええ、とユミが腕組みした。「ひょっとして私らさ、ものすごーい長い前振りをされた後、結局のろけられてるんじゃないの？」

たしかにそうだ、とエリカが同意した後、ぎゃははは と豪快に笑った。

ははは、と美雪も笑った。「ごめん。そうかも」

「参ったねえ」ユミの声には苦笑の響きがあった。

「この旅行のこと、彼氏には話してあるの？」チハルが美雪に訊いた。

「それがねえ、話してないんだ」

「どうして？」

「だってさあ、二人で約束したんだよね。結婚式が終わるまで、なるべく贅沢《ぜいたく》はしないでおこうって。だからこのウェアとかを買ったのも内緒」赤いウェアの袖をつまんだ。

「そうなんだ」

「彼、今日は出張なんだ。この寒い時季に軽井沢だよ。朝早くに出かけていくっていうのに、あたしなんてベッドから出もしなかった。本当に申し訳ないよ。で、さっき自分の格好を見て思ったわけ。何やってんの、あたし。亭主になってくれる男が一生懸命に働いているのに、新品のウェア着て浮かれてんじゃねえよって。それでちょっと落ち込んだ」

ああ、と何かに思い当たったようにチハルが声を漏らした。「さっきあたしが、急に元気がなくなったみたいっていった時？」

「そうそう。このウェアを着てる自分の姿が目に入っちゃってさ」

「えっ、どうやって？」

すると美雪は小声で、ゴーグル、と呟《つぶや》いた。映ってたの、と続けた。

あの時だ、と広太は合点した。美雪が彼の顔をじっと見つめているように感じた。しかしそうではなかった。彼女は彼のミラーゴーグルに映った、自分の姿を見ていたのだ。

全身から力が抜けていった。深い安堵《あんど》感に包まれた。すべて広太の取り越し苦労だったわけだ。美雪は何も気づいていない。

同時に強烈な後ろめたさに襲われてもいた。これほどまでに自分を信頼してくれている恋人を裏切っていることに対してだ。

これっきりにしよう、と広太は心に決めた。成り行き上、この旅行は続けるしかない。今夜だけは、桃実の恋人でいることにしよう。セックスは、たぶんする。でも、今夜だけだ。

東京に帰ったら、折りをみて桃実には別れを切りだそう。すんなりとはいかないかもしれないが、何としてもそうしなければならない。

ねえちょっと、と桃実が広太の膝を突《つ》いてきた。「何、ぼんやりしてんの?」

広太は黙って首を振った。ここまできて下手に声を出したくない。多少、桃実が不自然に思ったとしても、ゴンドラから降りるまではこの状況を維持しておきたい。

「ゴーグルのレンズを拭《ふ》きたいんだけど、何か持ってない? あたし、ティッシュを忘れちゃって」

広太は無言でパンツのポケットをまさぐった。ゴーグル用のクロスを持っていたからだ。それを差し出した。

「そんなの持ってたんだ。さっすがー」桃実は能天気な声で受け取った。ゴーグルを付けたまま、表からレンズを擦《こす》っている。

「あっ、そうだ」美雪が新たな動きを見せた。ウェアのポケットからスマートフォンを出している。嫌な予感がした。

「どうしたの?」チハルが訊いた。「仕事先?」

「違う。彼が明日何時頃に帰ってくるのか、聞き忘れちゃったんだよね。それまでには帰っておかないと。荷物とか、隠さなきゃいけないし」スマートフォンの操作を始めた。

全身が寒気に襲われた。広太のスマートフォンはウェアのポケットに入っている。電源を入れたままだ。マナーモードにはしていない。そして着信音は、よりによって『スター・ウォーズ』のテーマだった。こんなところで鳴り響いたら、さすがにばれてしまう。ポケットの上からグローブでスマートフォンを押さえた。どうか音が漏れませんようにと祈るしかなかった。

ところが――。

「ああ、だめだ。向こうが圏外みたい」美雪がため息をつき、スマートフォンをポケットに戻した。「彼のスマホ、新しくしたら、却《かえ》って電波の入りが悪くなったみたいなんだよね。しょっちゅう文句いってる」

広太は胸を撫《な》で下ろした。電波の入りが悪いことで文句をいっているのは事実だ。しかし今日ばかりは、その不具合に感謝せざるをえなかった。

「あっ、そろそろ着きそうだね」ゴンドラの先を見て、ユミが外していたグローブを嵌《は》め始めた。「さあて、まずは一本滑ったら、担々麺だね」

エリカが噴きだした。

「あんたの場合、あくまでもスノーボードは二の次、三の次なわけね」

「そうだよ。悪い？　それに里沢温泉に行ったら担々麺を食べなきゃって、ガイドブックに書いてあったし。野沢菜入りのやつ。おいしいらしいよ」

桃実がつま先で、広太のブーツを小突いてきた。この人たちも例の担々麺を食べに行くみたいだね、とでもいいたいのだろう。広太は小さく頷きながら、これで自分たちがあの店に行くわけにはいかなくなった、と思った。鉢合わせしたら大変だ。昼食時までに、桃実に担々麺を諦めさせる言い訳を考えねばならない。

ゴンドラが終点に到着した。速度を緩め、降り場に近づいていく。

桃実が首を振った。

「だめだ。やっぱり内側から拭かなきゃだめみたい。ゴンドラを降りたら、ちょっと待っててね。それからトイレも行ってくる」

いいよ、と答える代わりに頷いた。トイレでもどこでも行ってくれ。今はとにかく、一刻も早く美雪たちから遠ざかりたかった。

ゴンドラの扉が開いた。美雪が最初に降り、チハル、ユミ、エリカと続いていく。その後から広太は降りた。四人組は、まだそばにいた。ボードのカバーを所定の位置に戻している。美雪が広太の背後に目を向けた。次の瞬間、あーっと声を上げた。そしてその直後に発した言葉は、広太にとって信じられないものだった。

ももみっ、と彼女は叫んだのだ。

広太は後ろを振り返った。桃実はゴーグルを外していた。不審そうな顔で美雪を見ている。

「あたしだよ、あたしっ」美雪が自分のゴーグルとフェイスマスクをはぎ取った。「み・ゆ・き。高校で一緒だった」

当惑の色を浮かべていた桃実の顔が、ぱっと明るくなった。ああああ、と声を上げながら足踏みした。さらに二人で互いの両手を取り合った。

「みゆきー。わあ、全然気づかなかった。元気だった？　今、どこにいるの？」

「東京の恵比寿《えびす》。桃実は？」

「あたしも東京。飯田橋《いいだばし》。えー、うそ、何でこんなとこにいるの？　信じられなーい」

二人はぴょんぴょんと跳ねながら、久しぶりだねえとか、懐かしいとかいっている。

その様子を眺めている広太の頭の中は、真空状態だった。何が起きているかを理解することを脳が拒否している。

二人が、それぞれのスマートフォンを出してきた。連絡先を交換する気らしい。今度、ゆっくり会おうよ、とどちらかがいっている。どちらがいったのか、広太にはわからなくなっていた。

激しい目眩《めまい》が襲ってきた。今にも意識が遠のきそうになった。そんな状態で、わけもなく窓の外に目を向けた。

いい雪が降っていた。一面、真っ白だ。そして頭の中も真っ白だ。

この雪に埋もれて、姿を消してしまいたい、と思った。

美雪と桃実のおしゃべりは続いていた。婚約者の写真が見たい、とか桃実がいっている。

いいよ、と美雪がスマートフォンの操作を始めた。

今すぐに土下座しろ、という誰かの声が頭の中で聞こえた。

自分の声だと気づいた時には、美雪はスマートフォンの画面を桃実のほうに向けていた。

リフト

クワッド　その1

ブーツを履いた足で雪面に一歩を踏み出した瞬間、身体《からだ》の内側からエネルギーが湧《わ》き上がってきた。真っ青な空をバックに、広大なゲレンデが白く輝いている。すでにスキーヤーやスノーボーダーたちが賑《にぎ》わいを見せていた。吸い込む空気の冷たさも爽快だ。

「おお、最高じゃねえの」日田栄介《ひだえいすけ》は、声を上げながら抱えていたボードを前方に投げ出した。今日のために買い換えたボードは、うまくソールから落ち、すいーっと滑っていく。

「いい雪ですねえ」日田よりも一歳下の月村春紀《つきむらはるき》が、キュッキュッという音を楽しむように足踏みした。

「この感じだと、昨日かなり降ってるな。いつもの場所、パウダーがいい感じなんじゃねえの」ゲレンデを見回しながらにやにやするのは、長身の水城直也《みずきなおや》だ。

「そう思います。だからまずはクワッドに乗って、その上のペアリフトで一気に上がるのが正解じゃないですか?」月村が提案した。

賛成、と男性陣の意見は一致した。

「それでいいよな」日田は後ろを振り返る。少し遅れて、木元秋菜《きもとあきな》がついてきていた。

「うん、いいよ。麻穂《まほ》ちゃんはまだ着かないと思うし」

ようし、とばかりに日田はバインディングの装着を始めた。新品のボードのデッキはぴかぴかで、ゴーグルを付けた自分の顔が映りそうだ。

四人とも、スノーボード歴はそこそこ長い。スケーティングなどは慣れたものだ。初心者らしきスノーボーダーたちをワンフットでどんどん追い越して、センターゲレンデのクワッドリフト乗り場を目指した。

休日ではあるが、幸いさほど混んではいなかった。少し並んだだけで、順番が回ってきた。四人並んでクワッドリフトに腰掛けた。左から日田、月村、水城、秋菜という座り順だ。グーフィースタンスは秋菜だけだった。

「いい天気だなあ」日田は真っ青な空を見上げた。

「ほんと、絶好のコンディションだ。やっぱ、俺の日頃の行いが良いせいだな」

水城の言葉に、「どこがあ?」と、ほかの三人から同時に突っ込みが入った。

「水城の行いが今日の天気に反映されてたら、絶対に大雨だったから」まず日田がいった。

「いや、それならまだいいですよ。ものすごいパウダーなのに強風で営業停止、御馳走《ごちそう》を前にして引き返すってことになってたんじゃないですか」

月村の台詞《せりふ》に秋菜が笑う。「わっ、それ最悪」

「何いってんだよ。里沢温泉のことを忘れたのか。俺がスノボーに参加するために夜中まで残業したからこそ、雪の神様が感激して、当日は極上のパウダー天国になったんじゃないか」水城が反論した。

「ちょっと待った。あの功績は俺でしょう」日田がいった。「日程を決めたのは俺なんだから」

「いや、たしかに日程を決めたのは日田さんだけど、場所を決めたのは僕ですよ」月村がいう。「あの日の天候は微妙で、スキー場が違ってたらコンディションも大違いだったんです。日田さんが提案したゲレンデだと、新雪は殆《ほとん》ど期待できなかったと思います。里沢温泉しかないといった僕のことを忘れてもらっちゃ困りますねえ」

「いや、あの日はどのスキー場に行ってても最高だったって」と日田。

「そうそう、何しろ俺の日頃の行いが認められた日だったからな」と水城。

だからそれだけはないって、とみんなが口々に否定した。無論、そんなふうにいわれる水城も気を悪くしているふうではない。永遠の悪戯《いたずら》小僧を気取っているだけに、むしろ悦に入っている気配すらある。

楽しいなあ、と日田はしみじみ思った。気心の知れた仲間たちと大好きなスノーボードをする。まさに至福の時といえた。

日田は都内のホテルで働いている。月村や水城や秋菜、そして後から来ることになっている土屋《つちや》麻穂は同僚だ。ただしホテルというのは宿泊部や料飲部、宴会部などに分かれていて、職場までが同じというわけではない。日田の現在の職場は料飲部で、日本料理店の接客係を担当している。

「ところで寝坊したアホは何時頃に来るんだ?」水城が訊《き》いた。

「あたしたちが乗ったのより三十分ぐらい後の新幹線に乗ったってメールがあったけど」秋菜が答えた。

「てことは、着くのも三十分ぐらい遅いわけか。で、あいつのことだから、着替えるのにもどうせ手間取るんだろうなあ」

「でしょうねえ、何せアホですから」月村が真面目《まじめ》な口調で同意した。

「土屋麻穂じゃなくて土屋アホにするべきだな」日田も話に乗ってみる。「リフト券、きちんと買えるかな。前に安いからといって変な券を買ったことがあったぞ」

「ああ、あったあった」水城がセーフティバーを叩《たた》いた。「間違えて午前券を買ってやんの。午前十時半にゲレンデに着いたっていうのに午前券買ってどうすんだよ。一時間ちょっと滑って、もう帰るのかよ」

ぎゃはははと皆で笑った。

「麻穂ちゃんが前にいってた。あたしって、目先の損得にすぐ惑わされるんですよって。フロント係を希望したのも、傍《はた》から見てたら楽そうだなって思ったからなんだって」

「あー、それ僕も聞きました」麻穂と同じ宿泊部に所属している月村がいった。「そうしたらいきなりやらされた仕事がハウスキーパーで、全然イメージが違って重労働で、がっかりしたとかいってました」

そうそう、と秋菜が頷《うなず》く。

「おまけに、そそっかしいとこもあるよな。この前宿泊部の知り合いから聞いたんだけど、チェックインした年配の客に、一緒にいる若い女性を見て、お嬢さんと御旅行なんて楽しいですねといったら、じつは年の離れたカップルだとわかって、フロント全体がすっげえ気まずい雰囲気に包まれたそうだぞ」

水城からの新情報に、「アホだなー。付ける薬がないな」と日田はいった。

「でもそういうとこが麻穂ちゃんの魅力なんだから」秋菜が弁護する。

「魅力かあ?」水城が声のトーンを思いきりあげた。「外見がぱっとしないんだから、中身ぐらいはびしっとしてくれないとなあ。このホテルの従業員はアホばっかりかと思われたらどうすんだよ」

「ぱっとしないかなあ。かわいいと思うけど」

秋菜の言葉に、いやあ、と日田は首を傾《かし》げる。「結構、微妙だと思うよ」

あははは、と月村が笑った。「微妙。いい表現だな」

「ひどいなあ、みんな。麻穂ちゃんには聞かせられないよ」

「いや、聞かせたほうがいいかもしれないぞ。で、木元が化粧の仕方とか教えてやれよ。おまえ、めっちゃ化粧がうまいからさ」

「えっ、なんで？　水城君、あたしの素顔を知ってるわけ？」

「見たことないけど想像つくよ。上手にごまかしてるなあって、いつも感心してんだ」

「失礼な。ごまかしてるんじゃなくて、長所をアピールしてんの」

「おお、ものはいいようだなあ」月村が感嘆の声を上げる。

「その点、土屋は逆だな。長所じゃなくて短所をアピールしてる。間延びした顔を、さらに間抜け面にしてやがる」水城はさらに貶《けな》す。

「そういえば麻穂ちゃんがいってた。この前、マネージャーに叱《しか》られたんだって。君、馬鹿に見えるから、人の話を聞く時に口を半開きにするのはやめなさいって」

秋菜の話に男三人は足に付けたボードを上下させて喜んだ。

「今頃くしゃみしてますよ、きっと」月村がいった。

ペアリフト　その1

土屋麻穂の悪口をいっているうちにクワッドリフトは終点に到着した。しかし四人の目的地はさらに上にある。スケーティングで、乗り継ぎのリフト乗り場まで移動した。そこはペアリフトだった。係のおじさんが、おはようございます、と挨拶してくれた。

秋菜と月村が先に乗っていく。日田は水城と乗ることになった。

「おお、やっぱりいいコンディションだな。この分だと例の場所、かなり期待できるんじゃないか」枝に粉雪が積もった木々を見て、水城がいった。

「問題はローカルにどれだけ荒らされてるかだな。連中は朝イチから山に入ってるだろうから」

ローカルとは地元のスキーヤーやスノーボーダーのことだ。

「多少はしょうがねえよ。少しでもパウダーが残ってたらラッキーだ」

「そうだな」

日田は前方の搬器に目をやった。何を話しているのか、月村の隣で秋菜が足をぶらぶらさせている。

ところで、と日田は低い声で切りだした。

「さっき、木元の素顔について話すのを聞いてて思ったんだけど、水城と木元が付き合ってることは、まだみんなには内緒なわけ?」

水城が肩をすくめた。

「内緒っていうか、まだ積極的には公表してない。上司にばれたら、どっちかが職場を移らされるんじゃないかって、あいつは心配してるみたいだ。俺は構わないんだけど」

水城と秋菜は宴会部の所属で、どちらもブライダルコーナーに勤務しているのだった。

「二人が付き合ってるのを俺が知ってるって、木元はわかってるわけ」

「たぶん、わかってない。少なくとも俺は話してない」

「そうか。じゃあ、知らないふりをしてたほうがいいな」

職場の仲間たちと飲んだ帰りに秋菜を口説き、二人でラブホテルに行ったという話を水城から聞かされたのは、二か月ほど前だ。その後、正式に交際へと発展したらしいが、付き合っているという噂《うわさ》が料飲部まで流れてこないので、不思議に思っていたのだ。

「で、どうすんの？」日田は訊いた。

「何が？」

「今後のこと。結婚の話とか出ないわけ？」

「今のところ、出てないねえ。俺のほうからは口が裂けても出さないし」

そうだろうなあ、と日田は納得する。水城は社内でも有名なプレイボーイだ。しょっちゅう合コンをやっては、いろいろな女子をつまみ食いしている。

「でも木元は結婚したいと思ってるんじゃないか」

うーん、と水城は唸《うな》る。

「まっ、その可能性は高いだろうな。ただ、慎重に吟味している段階じゃないかと俺は踏んでるんだ。ブライダルコーナーでいろいろなカップルを見ているだけに、結論を急ぐのはよくないと思ってるんじゃないかな」

「水城、まさかあれじゃないだろうな。何か悪さして、それがわざと木元にばれるようにして、愛想を尽かされたらラッキーとか思ってないか」

日田の指摘に、あははは、と水城は朗らかに笑った。「ちょっと思ってる」

「やっぱり。悪いやつだなー」

「だから、ちょっとだけだよ。あいつとはまだ二か月だ。飽きてない」

「飽きたら別れる気か。ひでえなあ」

「男と女なんて、そんなもんだろ」水城は一向に悪びれた様子がなかった。

ペアリフトを降りると秋菜が近寄ってきた。

「麻穂ちゃんから連絡があった。さっき着いて、今、リフト券を買ったところだって」

「案外早かったな。アホのくせに」水城がいう。「ちゃんと一日券を買っただろうな」

「それも確認した。午後券と迷ったけど、一日券を買ったって」

「なんで迷うんだよ。まだ十時過ぎだぞ」日田はあきれ声を出した。「ほんとに懲《こ》りないやつだなあ」

「麻穂ちゃんには、センターゲレンデのクワッド乗り場で待っててといっといた」

先程日田たちが乗ったリフトだ。

「よし、じゃあパウダーをたっぷり食ってから、アホの顔でも見に行くか」

水城のかけ声に、おう、と日田たちは応えた。

クワッド　その2

お目当ての斜面には、予想通りかなりの数のトラックが入っていたが、そこそこパウダーを楽しむことはできた。日田たちは満足して、その後は圧雪されたバーンを滑り降りていった。

先を滑っていた水城が、センターゲレンデの途中で止まった。日田も近づいていって並んだ。

「あれじゃないか」水城が下を指した。

見ると、クワッド乗り場の横に黄色いウェアを着た女性スノーボーダーがいる。

「ああ、そうだ。間違いない」

月村と秋菜も来たので教えてやった。秋菜が手を振ったが、土屋麻穂は全く気づかない様子で、まるで違う方向を見ている。

「やっぱりアホだなー。俺たちがそんな方向から現れるわけないだろうが」水城が笑いながら滑り始めた。日田たちも彼に続いた。

手を振りながら近づいていくと、ようやく気づいたらしく、麻穂は手を叩きながらぴょんぴょん跳ね始めた。

「よかったあ。会えなかったらどうしようと思っちゃいました」

「そんなわけないじゃん。ケータイだってあるし」日田がいった。

「そもそも、寝坊がありえないだろ」水城が片足のバインディングを外しながら責める。

「違うんです。たしかに目覚ましをセットしたはずなのに鳴らなかったんです。いつの間にか止められてて……」

「自分で止めたに決まってるだろ」そういって月村が笑った。「そんな言い訳はいいから、さっさとバインディングを付けろよ。先輩たちを待たせてないで」

「あ、そうだ。ごめんなさい。あれっ、あたし、ボードをどこに……。あっ、そうだった」

麻穂はリフト券売り場に向かって駆けだした。それを見て全員がのけぞった。

「なんでこっちに持ってきてねえんだよ」水城が嘆いた。

「くー、さすがに庇《かば》いきれない」秋菜も笑いながら頭を振った。

戻ってきた麻穂がボードを片足に装着するのを待ち、五人でクワッドに乗ることになった。四人乗りだから、二組に分かれることになる。日田は秋菜や麻穂と一緒だった。

「土屋、おまえくしゃみが出なかったか？」リフトに乗って間もなく、日田は訊いた。

「くしゃみ？　えっ、どうしてですか。風邪《かぜ》、流行《はや》ってるんですか」

日田は秋菜と共に噴き出した。麻穂は、きょとんとしている。

「そうでなくて、みんなで噂してたってこと。土屋のことをあれこれと」

「えー、そうなんですか。何だか恥ずかしい」

「あたしにいわせりゃ、あれは噂というより悪口だね。ひどいよ、みんな」

「俺はそんなにひどいことはいってないぞ」

「えー、日田君だって調子に乗って、いろいろといってたじゃない」

「いや、ひどいのは水城だ。外見がぱっとしないんだから、中身ぐらいはびしっとしてくれないと困るなんていってたぞ」

「そうなんですか。水城さん、ひどーい」

すると三人の真ん中に座っている秋菜が、「あれはどうかな」と真面目な口調でいい、首を捻《ひね》った。

何が、と日田は訊く。

「水城君ってさ、自分が好きな子のことは、とりあえず貶すんだよね。みんなの前で。そのくせ当人と二人きりになったら、そのことを謝って、逆にいろいろと褒めたりするわけ。そのギャップに引っかかる女子も少なくないと思うんだよね」

その手で君も引っかかったのか、と日田は訊きたかったが、それについては黙っていた。

しかし思い当たるふしはある。以前、水城は秋菜の貧乳ぶりをさかんに酒の肴《さかな》にしていたのだ。

「ということは、水城は今、土屋狙いだと？」

「そう思わない？」秋菜は日田に訊いてきた。

えー、と麻穂が意外そうな声を発する。

「それはないと思いますよ。だって前に水城さん、おまえは俺のタイプとは真逆だ、とかいってたし」

「それも作戦。でなかったら、前はそうだったけど、最近になって麻穂ちゃんのことが気になってきたのかも」秋菜は断言する。「だって麻穂ちゃん、奇麗になったもん」

「えー、お世辞だとしても嬉《うれ》しい」麻穂は両手を頰《ほお》に当てる。

「おまけに隠れ巨乳だもんね。水城君は基本的に巨乳好きで、タイプと真逆なんてあり得ないから。――ねえ日田君、さっき水城君とペアリフトで一緒だったでしょ。麻穂ちゃんのこと、何かいってなかった？」秋菜が日田に訊いてきた。ゴーグルをしているのでわかるわけがないのだが、目が光ったような気がした。

「いやあ、別にいってなかったけどな」

飽きたら君とは別れる気らしいぞ、と腹の中で呟《つぶや》いた。

クワッド　その3

何本か滑ってからレストランで昼食をとり、職場の愚痴などをこぼしたりした後、再びゲレンデに出た。まず乗るのは、やはり四人乗りクワッドリフトだ。

水城が麻穂に何かいいながら先頭を進んでいく。二人と日田たちの距離が若干開いた。やがて、水城と麻穂は二人だけでクワッドに乗った。次の搬器に、日田は月村や秋菜と乗ることになった。

「しかしコンディションがよくてラッキーですよね」月村が青い空を見上げた。

「ほんとついてる。さっき聞いたけど、先週までは全然降らなかったらしいぜ」

「今年はどこのスキー場も当たり外れが大きいって話ですからねえ。友達なんて、北海道まで行ったのにアイスバーンだったってぼやいてました」

「北海道でアイスバーン？　そりゃ気の毒だなあ」

わははははと笑いながら日田は、月村を挟んで反対隣に座っている秋菜の横顔をちらりと見た。

彼女は黙って前を向いている。ゴーグルのせいで視線の先はわからない。しかし前の搬器に座っている二人の背中を見つめているのでは、と日田は想像した。

秋菜は、水城が麻穂を狙っているのではないか、と疑っている。だから二人きりでリフトに乗った彼等が、どんな会話を交わしているのだろう、とあれこれ想像を巡らせているのではないか。もしかすると、水城が麻穂を口説いている様子まで頭に描いている可能性がある。秋菜の指摘はたぶん的外れではない、と日田も思う。たしかに水城は合コンなどで、特定の女の子を貶す傾向がある。そして必ずといっていいほど、結果的にその子とは仲良くなっているのだ。

今の水城のターゲットは麻穂なのだろうか。そう思って水城の行動を見ていると、そんな気がしてくる。先程の二人きりでリフトに乗った流れも、計算されたもののように思えてきた。

クワッドリフトを降りると、水城と麻穂が待っていた。

「何かさあ、土屋がスイッチで滑りたいそうなんだよ」水城がにやにやしていった。

スイッチというのは、ボードの進行方向をいつもとは反対にして滑ることだ。日田はレギュラースタンスなのでふだんは左足を前にしているが、右足を前にして滑るわけだ。フェイキーともいう。

「滑りたいなんていってませんよ。うまく滑れたら格好いいだろうなっていっただけです」

「同じことじゃん。だからさあ、ここから下まで全員スイッチで滑るってのはどう?」

えー、と日田は難色を示しつつ、「まあいいけど」といった。スイッチは得意なのだ。

「僕はいいっすよ」月村が手を上げた。

「あたしもいいけど」秋菜が水城を見る。「リフトでそんなことを話してたわけ?」

「そうだよ。俺が土屋にいったんだ。何か名誉挽回《ばんかい》することを考えたほうがいいぞって。そしたら、スイッチをやりたいといいだしたんだ」

「だから、そんなふうにはいってませんって。うまく滑れたら格好いいだろうなあって、夢の話をしただけです」

「夢じゃなくせばいいんだよ。実際にうまく滑れれば、すっげえ名誉挽回だって。じゃあ決まり。ここからはスイッチ。クワッドリフト乗り場に集合な。トップバッターは土屋。さあ、行った行った」

「えー、あたし、一番最後でいいです。自信ないから」

「何いってんだよ、いいだしっぺが。早く行けよ、ほら」

水城にせっつかれ、ええー、と困った様子を見せながら麻穂がバインディングを付ける。

「転んでたら、皆さん、どうぞ遠慮なく抜かしていってくださいね」そういって麻穂が滑り始めた。自信ないといっていた通り、ひどいへっぴり腰だ。スピードも全く出ていない。

「見ちゃいられないな」水城が遠慮なく笑いながらバインディングを付けた。

日田は秋菜を見た。彼女は無言でバインディングを装着している。俯《うつむ》いた顔は、何かいいたいのを我慢しているようだった。

クワッド　その4

スイッチでのレースは日田が一着だった。「やっぱ、日田はスイッチ上手《うま》いよな」と水城が褒めてくれたが、転んだ麻穂を心配した様子の彼が途中で止まっていたのを日田は知っている。秋菜が白けたように通り過ぎていったことも。

クワッドリフトは男三人で乗った。当たり障りのない会話をいくつか交わした後、「しかしそろそろチェンジ時だな」と水城が唐突にいった。

「チェンジって?」日田が訊いた。

「女性陣の顔ぶれだよ。ぼちぼち飽きてきたと思わないか」

ああ、と月村が低い声を出す。

「僕の口からは何とも。土屋はともかく、木元さんは先輩ですし」

「こういうのはリニューアルってのが必要なんだ。メンバーを固定しすぎるとよくない。全員が一緒に年を取っていくわけだからさ。気がついたら、いい年をしたオッサンとオバハンが遊んでる、なんてことになりかねないぞ。オッサンの顔ぶれは一緒でもいいけど、女子は若いほうがいい。そうは思わないか」

「思わないではないけれど、あの二人には聞かせられないな」日田はいった。

「別に聞かせる必要はないだろ。誘わなきゃいいだけの話だ。次のスノボーはさ、別の女子を誘わないか。社外の。俺、ちょっと当たってみるよ」

「悪くない話ですね」月村も乗り気の様子だ。

「だろ？　あの二人とこんな感じで遊ぶのも、そろそろ終わりにしたほうがいいと思うんだよな」

水城が発した言葉の意味を、日田はつい深読みしてしまう。なぜ水城は秋菜や麻穂と遊ぶのを終わりにしたがるのだろう。

秋菜は水城の恋人だ。だからふつうならば一緒に遊びたいはずなのだ。

しかしもし秋菜の想像が当たっていたらどうだろう。今の水城の気持ちは麻穂に向いているのだとしたら。

遊ぶ際に秋菜と麻穂の両方が参加しているというのは、水城にとってはすこぶる都合が悪いのではないだろうか。麻穂を口説こうにも秋菜の目がある。だったら二人とも誘わず、別の機会に麻穂だけに声をかけたらいいと考えるのではないか。

「どうよ、日田」水城が訊いてきた。

「水城がそれでいいならいいよ」

秋菜のことはどうするつもりだよ——そんな皮肉を込めた台詞を返した。

空を見上げると男たちの不穏な企《たくら》みを察したかのように、雲が広がり始めていた。

ペアリフト　その2

クワッドを降りた後、頂上に向かうペアリフトに乗ることになった。スケーティングで乗り場に向かっている途中で、水城と秋菜が先頭になり、日田と麻穂が彼等に続く形になった。一番最後は月村だが、日田たちよりも一年後輩の彼は、こういう場合には出しゃばらないように気をつけているようだ。

「スイッチ、大変だったみたいだね」日田は麻穂にいった。

「ほんとにそうです。スイッチ、苦手なのに。水城さんにちょっといったら、あんなに大げさに扱われて……」

「仕方ないよ。木元によれば、水城は土屋のことが好きらしいから」

「さっきもそんな話になってましたよね。それ、絶対に違うと思うんですけど」

「そうかなあ。俺、木元の勘は結構鋭いと思ったよ」

「たしかに水城さんは、あたしなんかにも優しいです。でも、そういうのではないと思います」

「そう？　だけど二人きりになったら、いろいろといってくるんじゃないの？　今度二人だけで飲みに行こうとか」

「たまにそんなようなこともおっしゃいますけど、たぶん本気じゃないです。水城さんは誰にだって優しいだけだと思います」

やはり水城が麻穂を狙っているのは間違いなさそうだ。このままでは時間の問題で、彼女も毒牙《どくが》にかかってしまうかもしれない。

ここはひとつ釘《くぎ》を刺しておいたほうがよさそうだ、と日田は思った。

「あのさあ、前に乗ってる二人だけどさ」

「二人って、水城さんと秋菜さんですか」

「そう。あいつら、付き合ってるって知ってた？」

えっ、と麻穂はグローブを嵌《は》めた手を口元に持っていった。「そうなんですか」

「やっぱり知らなかったんだ」

「全然知らなかったです。あー、でも、あり得るかも。へえー、そうなんですか。でも素敵。お似合いだし」麻穂は小さく手を叩いた。その様子を見て日田は安心した。どうやら現段階では麻穂のほうに、水城に対する特別な気持ちはなさそうだ。

「だからさ、水城が土屋のことを好きなんじゃないかって木元がいったのは、ヤキモチから探りを入れたんだよ。水城は浮気性だからさ」

ははは、と麻穂は笑った。「水城さん、面白い」

「笑い事じゃないよ。だから気をつけたほうがいいの。下手《へた》に水城の誘いに乗ったりしたら、君と木元との仲もおかしなことになっちゃうからさ。それでいってんだよ」

「大丈夫ですよ。水城さん、本気で誘ってきたりしませんから」

「わかんないよ。何しろあいつ、手が早いから」

麻穂は、うふふ、と意味ありげに笑って日田のほうを見た。

「何？　どうかした？」

「いいえ。ただ、日田さんも大変だなあと思って」

「何が？」

「だって水城さんみたいなお友達がいると、いろいろとフォローしたり、カバーしたり、バックアップしたりしなきゃいけないじゃないですか。あたしなんかのことも心配しなきゃいけないし」

日田は大きく手を横に振った。

「いつもはこんなことしないよ。水城が誰とくっつこうと、誰を口説こうと、別にどうだっていいと思ってる。でもさあ、土屋のことは心配なんだよ。大事な後輩で、大切な友達だと思ってるからさ」

「わあ嬉しい。ありがとうございます」

「だから気をつけろよ、水城には」

「はあい、大丈夫でーす」麻穂は明るい声で答えた。

ほんとにわかってるのかよ、といいたいところだった。

リフトから降りると、穴場のコースに行こう、と水城がいいだした。

「前に俺と日田で見つけたところがあるだろ？　コブ斜面の途中に細い分かれ道があって、スケーティングでちょっと上らなきゃいけないとこがあるけど、そこを過ぎたら林が途切れて斜面が広がってて」

ああ、と日田は頷いた。「あそこね。わかった。いいんじゃないの？　行ってみるか」

「コブ斜面なんて行くんですか。あたし、滑れるかなあ」麻穂が不安げにいう。

「大丈夫だよ、コブはそんなに長く滑らない。端を滑ってれば、土屋の技量で全然問題なしだよ」日田はいった。「ただし、前の人間を見失わないようにな。分かれ道の入り口、結構わかりにくいから」

「はい。がんばってついていきます」

案内役として水城が先に滑り始めた。日田は一番最後ということになった。ほかの三人は場所を知らないから、はぐれかけた時の用心だ。

問題のコブ斜面に到着した。周りに少し霧がたちこめてきている。

「ガスってきましたね」月村がいった。

「山の天気はこれだからなあ。みんな、あんまり離れずについてきてくれ」そういって水城が滑り始めた。それを追って秋菜、麻穂、月村の順にスタートしていく。

日田は深呼吸してから改めて斜面を見下ろした。たしかに視界が悪くなりかけているが、数メートル先が見えないというほどではない。どうせ滑るのだから、どんな斜面でも楽しみたい。コブ斜面といえど、探せば気持ちのいいラインがあるのではないか。

あのあたりはどうだと見当をつけ、斜面の右端を目指して滑りだした。行ってみると大当たり。コブどころか、なかなかのパウダーではないか。こんなところが、この時間まで残っていたとは驚きだ。

「おおー、なんだ、これ。最高じゃねえか」

予想以上のふかふか深雪に、気持ちが一気に昂《たか》ぶった。思わず声を上げながら滑走した。身体が軽く、宙を飛んでいるようだ。雪煙をあげる感触が心地《ここち》いい。

しかしそれもさほど長くは続かなかった。柔らかかった雪面は徐々に硬くなり、やがてコブ斜面は本来の姿を見せ始めたのだ。おまけにガスはますます濃くなっている。

お楽しみもここまでか、とスピードを緩めたところで気がついた。

あれっ――。

停止し、きょろきょろとあたりを見回した。あまり見覚えのない光景が広がっている。ここはどこだ。しかも、みんなの姿がない。おーいおーい、ガスで見えにくくなった周囲に向かって呼びかけてみたが返事はなかった。自分の声が反響するだけだ。

しまった。はぐれたようだ。調子に乗って滑っているうちに、分かれ道を通り過ぎてしまったらしい。だがボードを外して登るには、あまりにも距離がある。

仕方なく、適当に滑り降りていった。少しずつ視界が良くなってきて、周りの様子がわかってきた。前方に林道が現れた。

林道に入ると、端に座り込んでコースマップを取り出した。現在地を確認し、ほかの四人が向かった先と見比べてみる。最も早く合流するにはどうすればいいのか。

日田はうなだれた。どうやらこのまま林道を滑り降りただけでは、彼等とは出会えそうになかった。リフトを乗り継ぎ、センターゲレンデのクワッド降り場で待つしかない。

しばらくはひとりぼっちか、失敗しちゃったなあと思いつつ、ゆっくりと林道を滑り始めた。

クワッド　その5

「それにしても参ったよなあ、日田のやつ。前の人間を見失わないようにとかいいながら、自分がいなくなってどうすんだよ」

「いつの間にかいなくなっちゃいましたもんねえ。僕のすぐ後ろを滑ってたはずなんですけど」

「大丈夫かな、日田君。まだコブ斜面にいるなんてことはないよね」

「それはないだろ。あそこであれだけ待ってて、現れなかったんだ。きっと分かれ道を通り過ぎて、あのまま降りていったんだと思うよ。俺たちは斜面の左端を滑ったけど、あいつは右端を行ったんじゃないか。あっちのほうがパウダーがいい感じで残ってたからな。で、調子こいて滑ってるうちに、ずーっと下まで行っちゃったんだ。そうに違いない」

「無事ですよね、きっと。怪我《けが》とかしてないですよね。あたしと違って、日田さん上手だから」

「心配することない。たぶんこのリフトで上がったら、待ってるって。呑気《のんき》な顔して」

「だったらいいんですけど」

「全くもう、あいつは世話が焼けるよ。前もこんなことがあった。ちゃんと見張ってないと何するかわかんないんだよな」

「ははは、そういうとこあるよね」

「どっちかっていうと暴走キャラですよね」

「鈍感なんだよな。空気が読めないこと多いし。——おっ、ガスが晴れてきたと思ったら、今度は雪が降ってきた。これはますますコンディションがよくなりそうだ」

「今夜降って、明日晴れたら最高だよね」

「ええと、ところで水城さんと木元さんに僕から報告、というか、お願いしたいことがあるんですけど」

「何だよ、急に改まって」

「じつは僕たち、今度結婚することになったんです」

「えっ、僕たち？　僕たちって何だよ。もしかして、おまえたち二人？」

「はあ、そうなんです」

「えーっ、うっそー、本当？」

「すみません、秋菜さん。今まで黙ってたけど、そういうことなんですう」

「えー、マジかよ。とはいえ、そうじゃないかなとは思ってたんだけどな」

「あたしは全然気づかなかった」

「フロントで二人きりになっているのを遠くから見たことがあって、何となくぴんときたんだ。ひょっとしたらってな。まあしかし、よかったよかった。おめでとう」

「ありがとうございます」

「麻穂ちゃんも、おめでとう」

「ありがとうございます」

「それで、お二人にお願いというのはですね、今度ブライダルコーナーに僕たちが行きますから、相談に乗っていただけないでしょうか」

「ああ、そっか。うちのホテルで式を挙げるわけだ。いいよ、もちろん。ねえ？」

「俺のほうも問題ないよ。ふーん、そうか」

「よろしくお願いします」

「しかし、やっぱ驚いたなあ。そんなに話が進んでるとは思わなかった。やられたよ」

「お二人には、そういう話はないんですか」

「はあ？　何、それ。どういう意味だよ？」

「いやあ、ついさっき彼女から、お二人が付き合ってるって聞いたんですけど」

「えっ、どうして麻穂ちゃんが知ってるわけ？」

「ちっ、日田から聞いたんだな」

「そうなんです。ごめんなさい」

「別に土屋が謝る必要はないけどさ。日田のやつ、口が軽いなあ」

「で、どうなんですか。まだ結婚とかは考えてないんですか」

「月村、おまえ、結構攻めてくるね。自分が妻帯者になるから仲間がほしいわけ？」

「そういうわけじゃないですけど……」

「あたしたち、結婚については、まだ話したことないよね」

「そうだな、まあ、そのうちに考えたりするんじゃないの」

「ええ？　何、それ？　他人事《ひとごと》？」

「いや、まあ……今日はいいじゃないか。それより月村と土屋の話に戻そう。俺、大事なことに気づいたぞ。ということは、またしても日田はフラれたことになるわけか？」

「えっ、どうして?」

「だってあいつ、土屋のことが好きだもん」

「えー、そうなの?」

「あいつを見てりゃわかるよ。なあ?」

「僕も、そうじゃないかとは思ってました」

「だから今日は、ちょっとからかってやったんだ。あいつの前で、俺が土屋に気があるような素振りをしてやった。そしたらあいつ、途端に焦りだしやがった。ほんと、わかりやすいんだよ」

「なーんだ、そうだったのか」

「木元、おまえ、まさか俺を疑ってたの? 本気で土屋に気があるんじゃないかって。いい加減にしろよな。そこまでオッチョコチョイじゃねえよ」

「疑ったってほどじゃないけど……」

「ははーん、わかったぞ。それで日田のやつ、土屋に俺たちのことをばらしたんだな。土屋、あいつ俺のことを何かいってただろ?」

「はい……手が早くて、あたしのことも狙ってるから気をつけろ、みたいな……」

「やっぱりそうか。そういう自分はどうなんだよ」

「日田さんはあたしのことを、大事な後輩で、大切な友達だっていってくれました。だから心配なんだって」

「ぎゃははは、なんだ、それ」

「ちょっと、リフトを揺すらないでよ」

「何が、大事な後輩で、大切な友達だ。ベタ惚《ぼ》れのくせに。この結婚話を知ったら、ショックだろうなあ」

「僕もそう思うから、日田さんにどうやって話したらいいのかわかんなくて」

「とりあえず今回の旅行中は秘密にしておこう。落ち込んで暗い顔をしてるやつが一人でもいたら、こっちまで楽しくなくなるからな。しかしあいつも辛《つら》いよなあ。そうかそうか。またしてもフラれたか」

「水城さん、さっきもそういいましたよね。またしてもって、どういうことですか」

「だってあいつ、木元にもフラれてるもん」

「えっ、そうなんですか」

「ほんとですか、秋菜さん」

「うーん、きちんと告白されたわけではないんだけどねえ」

「二人きりの旅行に木元を誘ったんだぜ。コクってんのと一緒だろ。だから俺たちが付き合い始めた時、あいつにだけは教えたんだよ。さっさと諦めてくれないと困るからさ」

「そうだったんだ……」

「日田さん、お気の毒ー」

「お気の毒って、土屋も結構きついことをいうね。自分もフッといて」

「だってあたしは告白されてませんもん。日田さん、早くいい人が見つかって、幸せになれるといいですね」

「大丈夫だよ。切り替えが早いから。——ていうか、あそこにいるの、日田じゃねえか」

「えっ？　ああ、そうだ。日田君だ。やっぱり先に上がってたんだ」

「気楽な顔して手を振ってやがる。こっちも振ってやろうぜ。おーい、日田ー、おまえまたフラれたぞー」

「日田さーん、すみませーん。僕たち、結婚しまーす」

「ごめんなさーい」

「いくら聞こえないからって、みんなひどいね。なんかあたし、かわいそうで涙が出てきそう」

「おまえたち、いいな、わかってるな。この話は、ここまでだからな」

「はーい」「はーい」「りょーかーい」

プロポーズ大作戦

1

時計を見ると午後十時を少し過ぎていた。水城直也は枝豆を食べながらビールを飲み、店の壁際に設置されたテレビを見上げた。画面の中では、お笑い芸人たちがトークを繰り広げている。

勤務先であるシティホテルの近くにある定食屋だ。仕事帰りに、しょっちゅう寄っている。しかも今夜は、ある人物と待ち合わせをしているのだった。

がらりと引き戸が開き、見飽きた顔が現れた。日田栄介は、すまんとばかりに顔の前で手刀を切り、水城がいるテーブルにやってきた。首に巻いたマフラーをほどき、ジャケットを脱いでから向かい側の椅子に腰を下ろした。

店のおばさんがやってきたので、日田はビールと酒の肴《さかな》をいくつか注文した。

「伝票の整理に手間取った。今日は売り上げが多くてさ」日田が遅れた言い訳をした。彼は水城と同じホテルで働いている。所属は料飲部で、今の職場は日本料理店だ。

「結構なことじゃないか。こっちなんか、三月の送別会や四月の入社パーティの予約が埋まりきってなくて、毎日上から嫌味をいわれてる」

水城の所属は宴会部だ。かつてはブライダルコーナーの担当だったが、今は法人を相手にしている。

おばさんがビールとコップを持ってきた。水城は日田が手にしたコップにビールを注《つ》ぎながら、「で、話というのは何だ」と訊《き》いた。

うんじつは、と日田はビールを含み、飲み込んでから身を乗り出してきた。「いよいよ、決めようと思ってさ」

「何を？」

水城の返答に日田は、わかってないなあ、とばかりに眉根《まゆね》を寄せた。

「そんなの決まってるじゃないか。結婚だよ、結婚」

「へええ」コップを手に、水城は日田の顔をしげしげと眺めた。「相手は同じ職場の橋本《はしもと》さんか」

「もちろんそうだ」

へええ、と水城はもう一度いった。「早いな」

「そうかな」

「だって橋本さんと付き合いだしたのは去年の暮れだろ。まだ三か月ぐらいしか経《た》ってないんじゃないか」

「正確にいうと二か月と十二日だ」

「それでもう結論を出すのか。急ぎすぎてないか」

「俺はおまえとは違うんだよ。付き合って一年以上になるのに、まだ結論を出さないなんて、とても考えられない」

「一年なんてふつうだろ。向こうだって慎重になってる。何しろ、経験が豊富だからな」

水城には木元秋菜という恋人がいる。同じ宴会部の所属で、ブライダルコーナーで毎日多くのカップルたちの相談に乗っているのだった。

「善は急げというじゃないか」日田は枝豆に手を伸ばした。「彼女、もう三十なんだよな。たぶん焦ってると思うんだ。だから安心させてやりたい」

ふうん、と頷《うなず》いてから、水城は口元にコップを運ぶ手を止めた。

「安心させてやりたい……ってことは、二人で話し合って結婚を決めたわけじゃないのか」

「まだ話してない。ていうか、相談したいことというのは、まさにそれなんだ」日田は周囲を見回してから声を落として続けた。「プロポーズのことだ」

「はあ?」

おばさんが料理を運んできた。テーブルに皿が並べられるのを待つ間、二人は黙り込んだ。

日田は少し照れ臭そうに、にやにやしている。

おばさんが去ってから、水城は割り箸《ばし》を手に取った。「どういう意味だ。プロポーズのことって」

だからあ、と日田はテーブルに両手をついた。

「これからプロポーズしようと思っているんだけど、せっかくだから何か凝った演出をしたいんだよ。ただ、結婚してくださいい、とかいうだけじゃなくて」

「演出ねえ。たとえばどんなふうに？」

するとと日田は不服そうに口を尖《とが》らせた。

「それが思いつかないから水城に相談しようと思ったんじゃないか。何かいいアイデアはないか？」

水城は割り箸で挟んでいた刺身を落としそうになった。

「そんなこと、自分で考えろよ」

「考えたんだけど、どうもいいアイデアが浮かばないんだ。水城はブライダルコーナーにいたことがあるんだから、面白い事例の一つや二つは知ってるだろ」

「そんなことないよ。どんなふうにプロポーズをしたかなんて、いちいち訊かないからなあ」刺身を口に放り込んだ。この店の刺身はいつも新鮮で美味《うま》い。

刺身のツマを見ているうちに思いついたことがあった。

「じゃあ、こういうのはどうだ。デートでフレンチレストランに行って、フルコースディナーを注文する。食事の途中では結婚の話なんかは一切しない。ハイライトは最後のデザートだ。彼女が食べようとした時、デザートの中から指輪が出てくる。きっと驚くぜ。驚いて感動する。予《あらかじ》め店に頼んでおけば難しくない。どうだ、なかなかいいだろ」

しかし日田は浮かない顔つきだ。腕組みをし、首を捻《ひね》った。

「何だ。何が気に入らない？」水城は訊いた。

もし、と日田はいった。「彼女がデザートと一緒に指輪を呑《の》み込んだら大ごとだ」

水城は椅子からずり落ちそうになった。「そんな馬鹿なことが起きるか？」

「呑み込まなくても、噛《か》んだ拍子に歯が欠けるおそれがある。却下」日田は胸の前で両手をクロスさせた。

「考えすぎだと思うけどなあ」

「それにインパクトが弱い。もっとインパクトの強いアイデアはないのか」

「インパクトねえ」水城はブライダルを担当していた頃の記憶を探った。ひとつ、思い出したことがあった。「そうだ。部屋を引っ越せよ」

「引っ越す？　なんで？」

「引っ越しの当日、彼女にも作業を手伝ってもらうんだ。で、引っ越し先に行ってみると、彼女のための家電や家具も用意してあった。つまりその部屋は、結婚後の二人の新居だったというわけだ。インパクトが強いぞ、これは」

日田は瞬《まばた》きした。「たしかにそうだな」

「いいだろ」

「でも、彼女がその部屋を気に入らなかったらどうする？　また引っ越さなきゃならない」

「それぐらい我慢させろよ」

「そんなわけにいくか。せっかくの新婚生活なのに」

「面倒臭いなあ」水城は顔をしかめた。「よし、まずは場所を決めよう。二人の思い出の場所がいい。オーソドックスだけど、女はそういうのを喜ぶ」

「思い出の場所かあ」日田は遠くを見る目をした。「どこかあるかな」

「旅行とかしてないのか。二人きりで」

それなら、と日田は腕組みした。「里沢温泉だな。付き合い始めた頃に行った」

「里沢？　ああ、そういえば向こうもスノーボードをするとかいってたな。上手《うま》いのか」

「まあ、ぼちぼちってところかな」

水城も日田もスノーボードを趣味にしているのだ。ワンシーズンのうちに、何度か一緒に滑りに行く。

「じゃあ、それでいいじゃないか。スノーボード旅行で里沢温泉に行って、雪の上でプロポーズだ。ロマンチックでいい。よし決まった。がんばれよ」水城はコップを持ち上げた。乾杯をしようと思ったのだ。

「ちょっと待て。それだけか」

「それだけとは？」

「ゲレンデでプロポーズするだけかと訊いてるんだ」

「御不満か」

「ロマンチックだけど、ドラマチックじゃない。サプライズがほしいんだ。ミステリの大どんでん返しみたいな展開で、彼女をあっと驚かせたい」

「欲張りなやつだなあ」水城は持ち上げていたコップをテーブルに戻した。

「一生に一度のことなんだから当然だろ。何か考えてくれよ。この店は俺が奢《おご》るからさ」

「しょうがねえなあ」

しかめっ面をしながらも、水城は考えを巡らせる。心の中では何とかしてやりたいと思っていた。日田とは入社以来の付き合いで一番の親友だが、それだけが理由ではない。

日田はいいやつなのだが、女子からはモテないのだった。といっても嫌われているわけではない。「人間的には好きだし、友達としては最高」とかいわれたりするそうなのだ。じつは水城の恋人である秋菜も日田をフッている。彼女によれば、「なぜか恋人としては考えにくい存在」らしい。

そんな日田に、ようやくできた恋人が橋本さんだった。昨年の四月に契約社員として入ってきた女性で、なかなかの美人だ。以前は建築関係の仕事をしていたという変わり種だが、飲食業の経験もあるとかで料飲部に配属された。それで二人が知り合ったというわけだ。

水城はあまり話したことはないが、秋菜は同い年ということもあり、職場は違えど親しくしているらしい。「橋本さんはしっかりしていて落ち着いてるから、暴走癖のある日田君にはいいかもね」とのことだった。

そんないい相手を逃がしたら、次はいつ春が訪れるかわかったものではない。だから何としてでもプロポーズを成功させてやりたいのだった。

とはいえ、サプライズか。どんでん返しか。難しいよなあ――。

水城はコップのビールを飲み干し、何気なく壁際のテレビに目をやった。昔の白黒映像が流れている。映っているのは月光仮面だ。疾風《はやて》のように現れて疾風のように去って行く月光仮面は誰でしょう、という歌詞がテロップで出ている。

ぱっと閃《ひらめ》いたことがあった。水城はテーブルを叩《たた》いた。

「名案が浮かんだぞ」

2

定食屋で相談した翌週の週末、里沢温泉スキー場の天候は、予報通りに雪だった。しかも空は暗く、これからますます降ってきそうな雲行きだ。

「なかなか似合ってるじゃないか、そのウェア」日田の姿を見て、水城はいった。彼が着ているのは自分のウェアではなく、レンタルウェアだった。

「これなら、俺だってばれないよな」日田が訊く。

「絶対に大丈夫だ」水城は断言した。

日田はヘルメットを被《かぶ》り、ゴーグルとフェイスマスクを付けている。彼のことをよく知っている人間でも、気づくことはないだろう。

二人ともバックパックを背負っている。そこにはバックカントリー用のポールとスノーシューが装着されている。誰が見ても、これからバックカントリーツアーに行くのだな、と思うに違いない。

水城のスノーボードウェアから着信音が聞こえてきた。ポケットからスマートフォンを取り出した。かけてきているのは秋菜だ。

「はい、もしもし」

「水城君？　秋菜だけど、どういう状況？」

「ついさっきスキー場に着いてリフト券を買ったところだ。そっちはどう？」

「ゴンドラ降り場のそばにあるカフェで休憩してるとこ。今は月村君と麻穂ちゃんが橋本さんの相手をしてる」

「そうか。彼女は何も怪しんでないな」

「全然。ふつうに楽しんでるよ」

「よし。じゃあ、その調子で一緒に滑っててくれ。俺と日田は、これからX地点の下見に行く。終わったら、連絡する」

「りょーかーい」

電話を切り、スマートフォンをポケットに入れてから日田のほうを向いた。「橋本さんはみんなと一緒にいるそうだ」

日田は小さく頷いた。その表情はまるでわからないが、緊張の気配が伝わってきた。水城は苦笑した。

「何だ、どうした。おまえ、もしかしてビビッてんの？」

「いや、そういうわけじゃないんだけど、本当にうまくいくのかなと思って」その口調も、いつもより硬い。

「大丈夫だ。二人であれだけ練りに練った作戦だ。おまけに天候も予定通り。うまくいくに決まってるって。さあ、元気だしていこうぜ」水城は日田の肩をぽんと叩いた。

二人でゴンドラに乗った。幸い同乗者がいないので存分に作戦会議ができる。

「何だか申し訳ないな。みんなに手伝ってもらっちゃって」ゴーグルとフェイスマスクを外し、日田が珍しく他人行儀なことをいった。

「今さら何いってんだよ。大どんでん返しのサプライズをやりたいっていったのはおまえだぞ。だから俺が今回の計画を考えてやったんじゃないか」

「それはわかってるんだけど、こんな大げさなことになるとは思わなかった。木元はともかく、月村たちにまで協力してもらうとはなあ」

「気にするな。今回の計画を話したら、秋菜なんか大乗り気だった。月村たちだってそうだよ。むしろ面白がってんだから、遠慮することはない」

本当だった。秋菜などは今度の計画を聞くなり、興奮気味といっていいテンションではしゃいだのだ。

「あの日田君がプロポーズでしょ？　それは黙ってられないよ。あたしにできることだったら何でもする」力強く水城にいったのだった。

その言葉を受け、秋菜には重大なミッションを頼むことにした。橋本さんをスノーボード旅行に誘うのだ。行き先は無論、里沢温泉スキー場だった。だが親友というほどの仲でもないのに女性二人きりというのは不自然なので、以前からの遊び仲間である月村夫妻にも声をかけることになった。どちらも水城たちと同じホテルの宿泊部に所属している。事情を知ると二人とも張り切って協力を約束してくれたとのことだ。

秋菜が誘うと橋本さんは少し迷った様子だったが、最終的には首を縦に振ったらしい。何を迷っていたのかはわからない、と秋菜はいった。だが先程の電話によれば橋本さんも楽しんでいるらしいから、気が進まなかったわけではないだろう。

ともあれ、今のところ計画は順調だ。しかし勝負はここからだった。

ゴンドラから外を眺めた。相変わらず細かい雪が降り続いていた。里沢温泉のゲレンデは広大だ。いつ来ても感心させられる。

「いいコンディションだなあ。今日はどこを滑っても最高じゃないか」コース上を滑走しているスキーヤーやスノーボーダーを見て、水城はいった。

「悪いな、こんな日に。俺のことなんかほっといて、パウダーを食いに行きたいんじゃないのか」日田が申し訳なさそうな顔をする。

「何いってるんだ。こういう日こそ今回の計画にふさわしいんじゃないか。アイスバーンじゃ、話が違ってくるぜ」

「それはまあそうだけどさ」

「パウダーを食う楽しみは明日まで取っておこうぜ。みんなで楽しんだらいいじゃないか。橋本さんも一緒にな」

「うん、そうだな」日田は表情を緩ませて頷いた。にやついてしまうのを抑えられない様子だ。

「しかしおまえが結婚とはなあ」水城は友人の顔を改めて眺めた。「まさか先を越されるとは夢にも思わなかった」

「水城は結婚を先延ばしにしてるだけじゃないか。いい加減、早く答えを出したほうがいい。

木元がかわいそうだ」

「何だよ、それ。プロポーズの答えも聞いてないのに先輩面か」水城はいった。「まあでも、オーケーしてもらえる自信はあるんだろ?」

「どうかな。少し考えさせてほしい、とかいわれるかもしれない」

「それをいわせないための今回のサプライズだ。驚きと感激で、きっとオーケーしてくれるって。心配するな」水城は友人の膝を叩いた。

「だといいんだけどなあ」日田の表情は余裕と不安が半々といったところだ。

「俺、橋本さんのことはよく知らないんだけど、おまえたちが出会った時点で付き合ってる彼氏はいなかったのか」

水城の問いに日田は頷いた。

「それはいなかったと思う。前の彼氏と別れてから半年以上は経ってるようなことを、ちらっと聞いた。転職を決心したのも、それがきっかけみたいにいってたな」

でも詳しいことは聞いてない、と日田は続けた。

「それがいい。彼女、三十歳だといってたな。その歳《とし》になればいろいろとあるよ。昔のことなんかほじくらないことだ」

「うん、わかってる」日田はヘルメットを被った。終点が近いからだろう。

水城は改めてゲレンデを見下ろした。滑走しているスキーヤーたちとは反対に、一台のスノーモービルがコース上を逆行しているところだった。運転手はパトロール隊員のようだが、その後ろにもう一人、一般客らしき男性が乗っている。上部で怪我人《けがにん》が出たのかもしれない。それで連れの者が降りていってパトロール隊員に連絡し、一緒に現場へ向かっているというところか。スキー場は楽しい空間だが、同時に危険な場所でもある。自分たちも注意しなきゃな、と思った。プロポーズ大作戦が一転して大アクシデントにでも繋《つな》がったら、目も当てられない。

3

ゴンドラが降り場に到着した。すぐそばにカフェがある。ガラス越しに覗《のぞ》いてみたが、客の殆《ほと》どは欧米人で、秋菜たちの姿はなかった。すでに滑りに行ったのだろう。

外に出てみると、雪の勢いはますます強くなっていた。細かく乾いた雪が、すべてのものを瞬く間に白くしていく。この調子だと夜までに数十センチは積もりそうだ。

「こいつは明日が楽しみだなあ」バインディングを装着しながら水城はいった。「たぶん最高のパウダー日和《びより》だ。早起きして、カップル三組で存分に滑ろうぜ」

「いいねえ。カップル二組と失恋男一人でなきゃいいんだけど」

「何いってんだ。そんなわけないって顔に書いてあるぞ」

「顔は見えないだろ」

「じゃあゴーグルに書いてある」

へへへ、と日田は笑う。図星のようだ。

二人はバインディングの装着を終えた。その時、どこからかエンジン音が近づいてきた。スノーモービルがすぐそばで止まった。先程、ゴンドラから見たスノーモービルだった。運転しているのはパトロール隊員で、一般客と思われる紺色のウェアを着た男性が後ろに乗っている。スノーボードを積んでいた。

後部席の男性が周囲を見回した後、運転席のパトロール隊員に何かいった。パトロール隊員は頷き、再びスノーモービルを発進させた。みるみるうちに小さくなり、やがて見えなくなった。

何だろうと思いつつ、水城は日田にいった。「じゃあ、行くか」

オーケー、と日田は手を上げた。

二人で軽快に滑り始めた。奇麗に圧雪されたバーンを軽やかに疾走した後、メインコースから枝分かれした林道に入っていく。ここからが今回の計画の肝だった。

里沢温泉スキー場の広大さは日本屈指だ。一日ではとてもすべてのコースを回りきれず、最低でも二日が必要だといわれている。その分、ゲレンデ全体の位置関係を把握するのは難しい。一言でいうと、迷いやすいのだ。分かれ道を一つ間違えただけで、まるで違う場所に出たりする。そしてこのスキー場は、そういう分かれ道だらけなのだ。何度か訪れた者でさえ、今自分がどこにいるのかわからなくなることがある。

水城と日田は、そうしたいくつもの分かれ道を慎重に見極めながら、目的の場所を目指した。ここで自分たちが迷っては話にならない。

やがて二人はその場所に到着した。見渡すかぎり、どこまでも真っ白な雪原が広がっている。おまけに少々の初心者でもスピードを出したくなるような緩斜面だ。

「おう、期待通り、かなり積もってるな」そういって水城は周りを見渡した。平坦《へいたん》なので、ほかの斜面よりも雪が積もりやすいのだ。

「ノートラックだ」日田がいった。「さすがに誰も行ってないみたいだな」

「ふつう行かないだろうな。ふだんでもきついのに、この雪深さだと地獄を見るのは確実だからなあ」

「どんなことになるんだろう」

「まあ、大体想像はつくよ。とりあえず行ってみようぜ」

「オーケー」

二人は滑り始めた。平坦ではあるが、辛うじて斜度があるので、板は滑ってくれる。新雪滑走特有の浮遊感はじつに気持ちがいい。

しかしこれが罠《わな》だということを、ここを一度でも滑った人間なら知っている。

予想通りだった。間もなく事情が変わってきた。道幅が狭くなると共に、斜度がなくなっていく。やがて深い雪にボードが沈み始め、ついには完全に止まってしまった。

二人は両足のバインディングを外した。単に斜度がなくて進まないというだけなら後ろ足だけを外してスケーティングで進むという手があるが、これだけ雪が深くてはそれもままならない。何しろ膝上ぐらいまで積もっているのだ。

「ははは、思った通りだな」水城は笑いながらバックパックを背中から下ろした。「こいつは苦労するぞ」

「こんなところで立ち往生したら、かなり心細いだろうなあ」

「それが狙いだろ」

水城はスマートフォンを出し、秋菜にかけた。しかし滑走中なのか、彼女は電話に出ない。間もなく留守番電話に切り替わった。

「ええと、俺です。今、X地点に来ています。予想通りっていうか、予想以上っていうか、とにかくいい感じに埋もれています。準備をしておくので、そちらの都合がいい時に作戦を開始してもらって結構です。その際には連絡をください。よろしく」メッセージを吹き込んで電話を切った。

「今、連中はどのあたりを滑ってるんだろう」日田が訊いた。

「たぶん山頂リフトを回してるんだと思う。でも今のメッセージを聞いたら、すぐに降りるはずだ。準備をしておこうぜ」水城はバックパックに装着してあったスノーシューを取り外した。

「うまくいくといいけどなあ」自信の無い口調でいい、日田も隣でスノーシューをブーツに付け始めた。

「うまくいくさ。いかないわけがない」水城はスノーシューの装着を終えると、立ち上がって前方を見た。降雪の勢いは弱まらず、視界はあまりよくない。しかし人影がどこにもないことはたしかだった。

二人がいるのはゲレンデのコース外でも何でもなく、れっきとした正規の林道だった。だが人っ子一人いないのには理由がある。じつはここから先も、延々と真っ平らな道が続くのだ。圧雪された状態であったとしても、スキーヤーは両手に持ったスキーポールで漕《こ》ぎ続けねばならず、スノーボーダーは懸命にスケーティングをさせられることになる。その距離は絶望的に長い。一体どういうことだと憤慨しながらコースマップを調べてみれば、そこには小さい文字でこう記されている。『林道（超緩斜面　注意）』――。

そう、バリエーション豊かでダイナミック、初心者からプロ級のスキーヤー、スノーボーダーが楽しめる里沢温泉スキー場の最大のウィークポイントが、迷い込んだら逃れることのできない、この「魔のだらだら林道」なのだ。ゲレンデの配置をわかっている者なら、何が何でも避けようとするコースである。

今回、このスキー場でのサプライズ・プロポーズを考えた時、水城の頭に浮かんだのが、この林道だった。

作戦はこうだ。秋菜が月村夫妻と共謀し、この林道に向かう。そして途中、一人二人とコース脇に姿を隠すのだ。やがて一人きりになった橋本さんは焦るだろう。はぐれてしまったと思うに違いない。止まっているわけにはいかないから、とにかく進むしかない。やがてこの「魔のだらだら林道」に入ってしまうわけだ。

間もなく今の水城たちと同様に止まってしまった彼女は、後ろ足のバインディングを外してスケーティングをしようとするだろう。ところがこの深雪だ。ボードが沈んでうまく進めない。そんな超緩斜面が、延々と続く。やがては疲れ果て、誰か助けて、私を引っ張って、となる。

そこへ見知らぬ二人のスノーボーダーが現れる。バックカントリー・ツアーにでも行ってきたのか、ボードを取り付けたバックパックを背負い、ポールを手にし、足にはスノーシューを付けてサクサクと歩いている。雪の中で立ち往生している橋本さんを見て、彼等の一人が立ち止まる。そして、どうぞ、とばかりにポールを差し出してくれるのだ。疲れて足が動かなくなった彼女には、それが神の助けに見えるだろう。彼女がポールを摑《つか》むと、男性は力強く歩きだす。おかげで彼女は深雪での移動の苦労から解放され、すいすいと滑っていける。

間もなく、「魔のだらだら林道」もゴールを迎える。そこからは滑走が可能だ。彼女は自分を引っ張ってくれた謎の人物に礼をいう。すると相手はここで初めて声を発する。

「これからも俺についてきてくれるかな」

聞き覚えのある声に、橋本さんは戸惑いの表情を浮かべるに違いない。だが考える暇を与えてはならない。このタイミングで即座にゴーグルとフェイスマスクを外し、正体を明かすのだ。

彼女は驚くだろう。見知らぬ男性だと思っていた相手が、じつは付き合っている恋人、日田栄介だったのだ。何がどうなっているのか、すぐには理解できないに違いない。混乱している彼女に、日田はすかさず懐から出した指輪を見せる。

「俺が引っ張るから、ついてきてほしい。永遠に」

それでようやく橋本さんは理解するはずだ。すべてが仕組まれたことだと。運命の瞬間に、今自分はいるのだと。

これほど凝った演出をされて、心を動かされない女性はいないだろう。彼女は迷わず指輪を受け取るはずだ。その劇的なシーンを撮影するため、水城のヘルメットにはカメラを装着してある。

我ながらいいアイデアだ、と水城は自画自賛する。定食屋のテレビで月光仮面の映像を見て思いついたわけだが――。

スマートフォンが着信を告げた。秋菜からだろう。ようやく作戦を開始するらしい。

秋菜からの着信であることを確認してから電話に出た。

「俺だ。今、どのあたりだ」

「それが計算外のことが起きちゃって……」

「どうした？」

「橋本さんがいなくなっちゃったの」

4

どこでだ、と水城は訊いた。

「わからない。彼女を引き離して、一人ずつ隠れていったんだけど、いつの間にか橋本さんまで消えちゃってたの」

「どういうことだよ、それ。一本道を滑ってたんじゃなかったのか」

「そうなんだけど、いなくなっちゃったの。もしかしたら、あたしたちに追いつこうとして、どこかでショートカットしたのかも」

彼女たちが滑っていた林道はつづら折りになっており、ショートカットが可能なポイントがいくつかあるのだ。

「電話してみたらどうだ」

「だめだよ。彼女、スマホを宿に置いてきたもん。一人きりになった時の孤独感を倍増させるためにも、スマホを持たせちゃいけないっていったのは水城君だよ。だからあたし、落としたらまずいからスマホは持っていかないほうがいいって橋本さんにいったんだ。彼女、バッグにしまってたと思う」

水城は顔をしかめた。たしかに彼がそういう指示を出したのだ。

「仕方がない。とりあえず俺たちだけでも合流しよう。戻るから、こっちの林道の入り口あたりで待っていてくれ」

「わかった」

電話を切り、日田に事情を話した。

「そんなことが……。どこへ行ったんだろう」日田は心配そうに首を傾《かし》げた。

「彼女、このスキー場には詳しいのか」

「そんなはずない。前に俺と来た時、初めてだといってた」

「じゃあ、ショートカットなんてするわけないな。不思議だなあ」

とにかく、来た道を引き返すことにした。相変わらず、雪はじゃんじゃん降り続いている。スノーシューがなければ、歩くどころではなかっただろう。

林道は少しずつ緩やかな上り坂となった。その斜面の上に秋菜と月村夫妻の姿があった。水城たちに気づいたらしく、手を振っている。

彼等のところに辿《たど》り着くと水城は座り込んだ。さすがに疲れた。

「三人も揃《そろ》ってて、何やってんだよ。肝心のターゲットを見失っちゃだめだろうが」愚痴をいっても仕方がないと思いつつ、ぼやいてしまう。

「すみません。僕たちも、まさかこんなことになるとは」月村が申し訳なさそうにいった。

ごめんなさあい、と彼の妻である麻穂も謝った。口調が軽いのは、いつものことだ。

「とにかく探すしかないよ」秋菜がいった。

「そうだな。でも、どこを探す？」

「水城君たちを待っている間に三人で話し合ったんだけど、もしショートカットしたのなら、エキスパートAコースに向かったんじゃないかな」秋菜はコースマップを広げ、指で示した。

「エキスパートA？」水城はマップを覗き込んだ。「たしかに行けないことはないけど、このスキー場のレイアウトを熟知した人間でなきゃ選ばないコース取りだぞ。日田によれば、彼女がここへ来たのは二度目だってことだ」

「でも、それしか考えられない」

「だけどさあ」

あのう、と口を開いたのは月村麻穂だ。

「橋本さん、もしかすると、このスキー場のことをよく知ってるんじゃないかと思うんですけど」

「どうして？」

「だって、一番近いお手洗いに行くにはどのリフトに乗ったらいいとか、すごくよく御存じでしたよ。二度目とかではないように思います」

水城は日田を見た。彼は黙って首を捻っている。

どうする、と秋菜が訊いてきた。水城が答えないでいると、日田が口を開いた。

「ほかに選択肢はないんだから、エキスパートAコースを目指そう」

水城も異存はなかった。バックパックを下ろし、ボードを取り外した。

エキスパートAコースを目指し、五人で滑り始めた。降りしきる雪のおかげで先行者たちのトラックは消え、どこまで行っても面ツルだ。だが今はそれを楽しんでいる場合ではない。

やがて分かれ道が現れた。直進するか、脇の林道に入るか。いずれにしてもエキスパートAコースには辿り着ける。その手前で停止した。

「二手に分かれよう」日田が提案した。

「そうだな。俺たちは直進しよう。秋菜たちは林道を行ってくれ」

いや、と日田は水城の意見に異を唱えた。「俺たちが林道を行こう」

その言い方が妙に確信に満ちたものだったので、「そのほうがいいのか」と水城は訊いた。

「わからない。何となく、そんな気がするだけだ」

ふうん、と頷いてから水城は秋菜を見た。「そういうことだから、よろしく」

わかった、といって秋菜が再びスタートした。月村夫妻も後に続く。

「行こう」日田が滑りだした。

狭い林道を二人で進んでいった。前方に人影はない。

不意に日田が停止した。脇の積もった雪を見つめている。高さは一メートル近くある。

どうした、と水城は訊いた。

日田が顎をしゃくった。「誰かが入っていった形跡がある」

彼の視線の先を見ると、たしかに雪が踏み荒らされていた。その先からスノーボードのトラックが始まっている。誰かがそこから滑り降りたのだろう。

「ここ、穴場なんだよな」日田がいった。「圧雪車《ピステン》が入らないから、こんなふうに雪が積もったら入り口がわからなくなるんだけど、この下はれっきとしたコースなんだ」

「それは知ってるけど、彼女がここから降りたっていうのか」

「前に二人で来た時、ここを通ったんだ。そうしたら彼女が急に止まって、じっと下を見てた。その時は今ほど雪がなくて、斜面を見下ろせたんだ。どうしたんだって訊いたら、景色がいいので眺めてるだけだといったけど、何か理由があったのかもしれない」

「理由って？」

「わからない。でも、ちょっと様子がおかしかった」

そのことが頭に引っかかってたから、さっき日田はこの林道を選んだのか、と水城は思った。

日田はバインディングを外し始めた。どうやらこのコースに踏み込んでみるつもりらしい。橋本さんが入った可能性は低いと思ったが、水城も従うことにした。

ボードを抱え、太股《ふともも》のあたりまで積もった雪の中を進んでいった。やがて斜面が見えてきた。見事にノートラックのパウダーゾーンが広がっている。こんな状況でなかったら、狂喜乱舞しているところだ。

あっ、と日田が声を上げた。「あそこに誰かいる」

彼が指差したほうに目を向けると、斜面の中腹に赤いものが見えた。もぞもぞと動いているから人なのだろう。どうやら雪に埋もれて動けないらしい。

「彼女のウェアだ。間違いない。ビーニーも彼女のものだ」そういって日田はバインディングを装着し始めた。

二人で滑っていった。近づいてみると、やはり橋本さんだった。ゴーグルを額まで上げているのは、雪の中で奮闘し、暑くなったからだろう。このあたりは特に雪が深い。優に腰ぐらいまである。立ち上がろうとしても、ずぼずぼと腕がもぐってしまい、どうにもならないのだ。

二人に気づいた橋本さんはばつが悪そうに、紅潮した顔に硬い笑みを浮かべた。「こんなところで転んじゃった……」

日田は無言でバックパックからポールを取った。それを伸ばし、彼女のほうに差し出した。

「あっ……ありがとうございます」彼女はポールを摑んだ。突然現れた救世主が誰なのか、もちろん気づいてはいないだろう。

水城は日田の狙いを察した。彼女を無事に助け終えてから正体を明かし、プロポーズするつもりなのだ。何という神の悪戯《いたずら》。当初考えていた計画より、はるかにドラマチックではないか。水城はこっそりとカメラのスイッチを入れた。この名場面を撮り逃すようなことがあってはならない。

日田に引っ張られ、橋本さんは何とか立ち上がった。ボードが滑り始めたので、そのまま、ゆっくりと斜面を降りていく。

彼女を追うように日田が滑りだしたので、水城も後に続いた。

整地されたバーンまで降りたところで、橋本さんが止まった。二人を待ってくれているようだ。日田が近づいていく。彼の背中を見ながら、水城はわくわくした。運命の瞬間はもうすぐだ。

「ありがとうございます。助かりました」橋本さんはゴーグルを外し、日田に向かって頭を下げた。

日田は頷き、フェイスマスクに手をかけた。いよいよ正体を明かす気なのだ。

その時だった。斜面の下からエンジン音が鳴り響いてきた。見ると、一台のスノーモービルが猛然と上ってくるところだった。例の二人組だ。

何だろうと思って見ていると、後部座席の男性が突然叫んだ。「ミユキーッ」

その瞬間、橋本さんの表情が変わった。驚いたように両手で口元を覆った。その目は大きく見開かれている。

スノーモービルがすぐ近くまでやってきて止まった。後ろに乗っていた男性が、ゴーグルを外し、ボードを抱えて降りてきた。その目は橋本さんだけを見ている。水城たちのことは視界に入っていないようだ。

ミユキ、と彼は再びいった。同時に、それが橋本さんの名前だということを水城は思い出した。字はたしか、美雪だったはずだ。

コウタ、と彼女は呟《つぶや》いた。「どうしてここにいるの？」

「ユミさんから聞いたんだ。美雪が会社の人たちと里沢温泉に行くらしいって。だから俺、美雪に会いたくて、やってきたんだ。こうでもしなきゃ、会ってもらえないと思ったから」

橋本さんは、わけがわからないという顔で、男性とスノーモービルを交互に見た。

「彼は知り合いなんだ」コウタと呼ばれた男性が、スノーモービルのほうを振り返っていった。「何度か滑りに来ているうちに親しくなって……。それで今回、事情を話して、君を探すのに協力してもらった。――ありがとう。助かったよ。後は自分で何とかする」

パトロール隊員は片手を上げ、スノーモービルを発進させた。そのまま斜面を下っていく。

それを見送った後、コウタという男性は橋本さんのほうに向いた。ボードとゴーグルを放り出し、雪面に両膝をついた。

「美雪、この通りだ」そのまま深々と土下座をした。「俺のところに戻ってきてくれ。やり直させてくれ。お願いだ」

突然の出来事に声を失っていた様子の橋本さんだったが、気持ちを落ち着けるように何度か白い息を吐いてから唇を動かした。

「何いってんの。そんなことできるわけないじゃない。自分が何をしたかわかってるの」

「もちろんわかってる。悪かったと思ってる。馬鹿だったよ。でも信じてくれ。彼女とは何もなかったんだ」

「それはたまたまゴンドラで、あたしと会っちゃったからでしょ。会ってなかったら、どうなのよ。それでも何もなかったっていえる？」

「それは……そのことをいわれたら言い訳できないけど、何もなかったことは事実なんだ」

「あたしがいいたいのは、そんなことじゃない。あたしを裏切ったのはたしかでしょ」橋本さんの声が裏返った。かなり気持ちが昂《たか》ぶっているようだ。

「それはそうだ。だから謝るしかないと思ってる。そして誓うよ。今後は絶対に浮気しないって」

「そんなの信用できない。あたしがどれだけ傷ついたかわかってるの？　コウタと同じ業界にいたらどこかで顔を合わせるかもしれないと思って、転職までしたんだよ」橋本さんの声が涙混じりになった。実際、彼女の頬《ほお》は濡《ぬ》れていた。

「そのこともユミさんから聞いた。本当に申し訳なかったと思ってる。反省してる」

「そんなの、口では何とでもいえるよっ」

「嘘《うそ》じゃない」そういうと男は被っていたビーニーをむしり取った。

水城は、あっと声を上げそうになった。男は坊主頭だったからだ。刈ったばかりらしく、青々としている。

「こんなことで許してもらえるとは思ってない。坊主にしたぐらいのことが何だって思うだろうけど、せめて何か形で示さなきゃと……」

さすがに意表をつかれたのか、橋本さんは声を出せない様子だ。

無言の時間が流れた。いつの間にか雪がやんでいた。一陣の風が通り抜け、粉雪を舞い上がらせた。

やがて橋本さんがゆっくりと動きだした。バインディングを外して男に近づくと、その手からビーニーを取り、坊主頭に被らせた。「風邪《かぜ》、ひいちゃうよ」それまでとは打って変わった優しい口調だった。

美雪、と男が顔を上げた。

「このスキー場、もう二度と来たくないと思ってた」橋本さんがいった。「でも、今付き合ってる人に誘われて、年末に来たんだよね。そうしたらやっぱり、コウタのことばっかり思い出した。この穴場のパウダーゾーン、二人でよく滑ったなあとか」

男が瞬きした。「付き合ってる人、いるのか」

「うん。でも大丈夫。とても優しい人だから、あたしが正直に事情を話せばわかってくれると思う。それにその人とは、まだ何もないんだ。ここへ来た時も日帰りだったし」

えっ、と水城は隣で立ち尽くしている日田を見た。まだ何もないのか――。

日田は固まったように動かない。

「じゃあ、やり直してくれるのか」男が訊いた。

橋本さんは微笑《ほほえ》んで頷いた。「でも、この次はないからね」

美雪、といってコウタとかいう男は彼女を抱きしめた。「東京に戻ったら、そのまま役所に行こう。結婚しよう。絶対に幸せにする」

それに応えて彼女も彼の身体《からだ》に両手を回す。「うん。嬉《うれ》しい」

水城は目眩《めまい》がしそうだった。何という展開。日田がプロポーズするはずが、突然の飛び入り男に先を越されてしまった。しかも彼女はそれを受け入れた。

日田の思いはどんなものだろう、とても顔を見られない、と水城が思った直後だ。隣から、ぱんぱんぱんぱんぱんという乾いた音が聞こえてきた。思わず目をやった。

信じられなかった。日田がグローブを嵌《は》めた手で拍手しているのだった。

水城が驚いて見ていると、日田が彼のほうを向いて小さく頷いた。これはこれでいいよ、とでもいうように――。

何ということだ。

このお人好《ひとよ》しの親友は、愛する女性の幸せを祝福してやろうとしているのだ。

水城もゆっくりと手を叩いた。そうするしかなかった。

橋本さんたちは我に返ったように身体を離した。他人がそばにいることに、ようやく気づいたのかもしれない。

「会社の人?」コウタという男が訊いた。

ううん、と橋本さんは首を振った。「あたしが雪の中で埋もれてたら、助けてくださったの」

「そうだったんだ。――どうもありがとうございます」橋本さんを奪ったコウタが、奪われた日田に礼をいった。

日田は黙って頷いている。おめでとう、よかったね、といっているようにさえ見えた。

「じゃあ、行こうか」男が橋本さんにいった。うん、と答える橋本さん。

二人はボードを装着し、軽やかに滑り去っていった。

水城は改めて日田を見た。目の前で恋人を奪われた親友は、じっと立ったままだった。その目が何を見ているのか、その胸にどんな思いが広がっているのか、水城には想像もできなかった。しかし——。

今夜は、とことんこの男に付き合おう、朝まで飲んで飲んで飲みまくり、二人で泣こう、と思った。

ゲレコン

1

東京のシティホテルに入るのなんていつ以来だろう、と思いながら火野《ひの》桃実は正面玄関の自動ドアをくぐった。ロビーは広くて明るく、格別派手な装飾が施されているわけではないのに華やかな雰囲気に包まれていた。

ロビーの奥にオープンスペースのカフェがあった。入り口に立って見回すと、隅の席で動きがあった。橋本美雪が立ち上がり、小さく手を振っている。制服ではなく、私服姿だった。

桃実は頷《うなず》いて、近づいていった。

「ごめん。待った？」向かい側の席につきながら訊《き》いた。

「大丈夫。あたしも今来たばかりだから」

黒いロングスカートの女性が近づいてきて、二人の前に水の入ったグラスを置いた。

「何を飲む？」美雪が尋ねてきた。

「お薦めは？」

「ロイヤルミルクティーかな」

「じゃあ、それにする」

美雪がロングスカートの女性に、ロイヤルミルクティーを二つ、と告げた。

桃実はグラスに手を伸ばし、水を口に含んだ。相手の顔をまともに見られない。緊張で身体が硬くなっているのを自覚する。

「ごめんね、わざわざ来てもらっちゃって」美雪がいった。「あたしから出向くべきだったのに」

ううん、と首を振り、ちらりと視線を上げた。美雪と目が合い、あわててそらす。

「こんなことでもなかったら、ホテルのカフェでお茶する機会なんてないし」桃実はそういってから周囲を見回して続けた。「それにしても素敵なホテルだね。こんなところで働けるなんて羨《うらや》ましいな」

「あたしは主に裏方だから。それに桃実の職場だって素敵じゃない。化粧品売り場なんて、デパートの中で一番華がある職場だと思うよ」

「見かけはね。でもいろいろとあるんだよ。変な客も多いし」

「それはホテルも同じ」

「ははは、そうだよね、きっと」

どうにも居心地《いごこち》がよくない、と桃実は思った。しかし気まずい思いでいるのは、美雪も同様のはずだった。

美雪から電話があったのは昨日のことだ。着信表示を見て、驚いた。最後に電話で話したのは一年以上前だ。それ以後メール交換もしていないし、SNSなどの交流もない。

話したいことがあるから会えないか、と美雪は電話で訊いてきた。いいよと答えると、場所と時間は任せるという。そこで美雪の職場の場所を尋ねてみた。ホテルだと聞き、だったらそっちで会おうと桃実がいったのだった。

ロイヤルミルクティーが運ばれてきた。二人同時にカップを手にした。

「一年ぶりだね」先にカップを置いた美雪がいった。

「そうだね」

「元気だった?」

うーん、と小さく唸《うな》ってから桃実は頷いた。「まずまず。そっちは?」

うーん、と今度は美雪が唸った。首を傾《かし》げ、「いろいろあった……かな」と答えた。

だろうな、と桃実は察した。精神的にも物理的にも、彼女のほうがダメージがはるかに大きかったはずだ。

でもね、と美雪はいった。「何とか、今度は落ち着けるかも」

「どういうこと?」

桃実が尋ねると美雪は背筋をぴんと伸ばし、真摯《しんし》な視線を向けてきた。

「あたしね、広太とやり直すことにした。ていうか、もうやり直してるんだ。入籍も済ませたし」

桃実は目を見張った。「そうなんだ……」

「驚いた？　そりゃそうだよね」

「うん。でも、何となくそうかもしれないって気はしてた。美雪があたしに話があるとすれば、彼のことに違いないわけで……」桃実は白いティーカップに目を落とした。あの日のゲレンデの白さを思い出した。

一年前、桃実には恋人がいた。正確には、恋人だと思っている男性がいた。彼に誘われ、二人で里沢温泉スキー場に行った。そこでばったり会ったのが、高校時代の友人だった美雪だ。だが偶然はそれだけでは済まなかった。何と美雪は、桃実と一緒にいた男性と同棲《どうせい》中だったのだ。しかも結婚式の日取りまで決まっていた。

その男性というのが広太だ。無論、桃実は即座に別れた。スキー場からは一人で帰ったのだ。後日、美雪から電話があり、広太との結婚話は破談になったと知らされた。その際、お互いのことは恨まないようにしよう、と約束した。

「美雪のほうから彼に連絡したの？」

「向こうが会いに来た。里沢温泉まで」美雪は頬を緩めて苦笑した。「頭を丸めて」

「えっ、頭って……」

驚く桃実に美雪は詳しい経緯を話し始めた。どうやら広太は美雪が同僚たちとスノーボード旅行に行くことを嗅《か》ぎつけ、最後のチャンスとばかりに会いに行ったらしい。

「青々とした坊主頭で土下座してる広太を見てたら、もう一度やり直してもいいかなって気になって」言い訳をするような顔で美雪はいった。

「ふうん、そうかあ」

「ごめんね」

「えっ、なんで謝るの？　よかったと思うよ。あたしも少し気が楽になるし」

嘘《うそ》ではなかった。広太に対する気持ちなど、露程《つゆ》も残っていない。どういう顔だったかさえ、うまく思い出せないぐらいだ。むしろ、美雪のことが気になっていた。自分に落ち度があったとは思っていないが、彼女たちの破局の原因となったのは事実なのだ。

「そういってもらえると、あたしもほっとする」美雪は、ふっと息をつき、口元にティーカップを運んだ。

桃実も紅茶を飲みながら、結局美雪は広太のことを忘れられなかったのだな、と了解していた。そうでなければ坊主頭を下げられたぐらいで許せるわけがない。髪なんか、時間が経《た》てば伸びるではないか。それに浮気をする男というのは、何度ばれても懲《こ》りないものだ。そのことを美雪に注意しておくべきか少し迷い、結局口には出さないでおいた。妬《ねた》んでいるように思われたりしたら心外だ。

その後は、お互いの近況などを報告し合った。美雪は今月いっぱいで今の仕事を辞め、以前のように建築関係の仕事に就くつもりらしい。子供ができた時、そのほうが融通がきくのだそうだ。

「桃実には誰かいい人いないの？」話題が尽きかけたところで美雪が訊いてきた。この質問をしていいものかどうか、ずっと迷っていたのかもしれない。

「なかなか出会いがなくてね。最近は、合コンとかにもお呼びがかからなくなったし」

広太と出会った合コンが最後だったかな、と思い出した。

「だったら、こういうのがあるけど」そういって美雪が傍《かたわ》らのバッグから一枚の紙を出してきた。パンフレットのようだ。

桃実は受け取り、一瞥《いちべつ》した。「ゲレコン？」

「ついさっき、うちの職場の人から渡されたの。主催者が知り合いで、参加者を募ってるみたい。興味ないかもしれないけど」

「ふうん」

パンフレットには、『ゲレンデには出会いがいっぱい。スキー、スノーボードを通じて、新しい恋の相手を見つけましょう。』と書かれていた。ゲレコンとはスキー場を舞台にした合コンらしい。

場所を見て、あっと声を漏らした。

「どうかした？」美雪が訊く。

桃実はパンフレットの一部を指した。「会場は里沢温泉スキー場なんだね」

美雪が息を呑《の》む顔をした。

「そうだったんだ。ごめん。よく見てなかった。気分悪いよね。捨てちゃって」

桃実は苦笑し、パンフレットを折り畳んだ。「面白いからもらっとく」

「わざとじゃないから」

「わかってる。それにあのスキー場がトラウマになってるわけじゃないし」

「だったらいいんだけど」

また近々会おう、今度はお酒を飲もうと約束し、二人で席を立った。奢《おご》ってくれるという美雪をレジカウンターに残し、桃実はホテルの正面玄関に向かった。

2

里沢温泉スキー場、時刻は午前十時より少し前。

集合場所に指定されているリフト券売り場に行ってみると、『ゲレコン参加者はこちら』と書かれたプラカードが目に入った。隣に設置されたカウンターが受付らしい。すでに列ができている。

「やれやれ、本当に来ちゃったよ。我ながら、いい歳してよくやるよって感じ」列を眺めて桃実はいった。

「何、白けた声を出してんの。厄落としをするから付き合ってっていったのは桃ちゃんなんだから、もう少しやる気を見せなさいよ」隣でぼやいたのは、職場の同僚である山本弥生《やまもとやよい》だ。

「何度もいうようだけど、勢いで申し込んじゃったんだよねえ。酔ってたし」

「来たからには楽しもうよ。さあ、行くよ」弥生が先に歩きだした。

受付で手続きを済ませ、リフト券とゲレコン参加者の目印でもあるリフト券ホルダーを受け取った。

「何だかドキドキするね。こういう雰囲気、久しぶりだし」ホルダーを腕に通しながら弥生がいう。

「どういう人たちが来てるんだろうね。まあ、大して期待してないけど」桃実は周りにいる、参加者と思われる連中を見回した。

当然、全員がスキーウェアやスノーボードウェアで身を固めているので体形はわかりにくい。ゴーグルやフェイスマスクのせいで顔も殆《ほとん》ど隠れている。お互い様といえばそうなのだが、これではまるで仮面舞踏会ではないか、と思った。

そんなことを考えていたら、スピーカーに電源が入る音が聞こえた。やがてどこからかマイクを持った男性が現れた。

「おはようございます。ゲレコン参加の皆さん、里沢温泉へようこそ。この日のために、たっぷりの雪を用意してお待ちしておりました。雪質は最高、天気も最高、さて皆さんの気分は？」いきなりのハイテンションでマイクを差し出す。

さいこう、と戸惑いを含んだ声がどこからか発せられた。MCの男性は顔をしかめる。

「何ですか、その元気のなさは。そんなことでは、いい出会いに恵まれませんよ。もう一回やります。今度はお願いしますよ。雪質最高、天気も最高、さあ皆さんの気分は？」

さいこー、と今度は少し大きな声が揃《そろ》った。

「まだちょっと物足りないな。もう一回。里沢温泉、雪質最高、天気も最高、ゲレコン参加のみんなの気分は？」

「サイコウッ」怒鳴り声も混じっての大コールとなった。MCの男性も満足したらしく、大きく頷いている。

参ったなあ、やっぱりこういう感じかよ、と桃実は内心げんなりする。この手のイベントから足が遠のくようになった理由の一つに、こういう主催者側に踊らされている感に飽き飽きした、ということがある。若い頃は抵抗がなかったのだが。

MCの男性が今日の予定をざっくりと述べた後、ゲレコンのルールなるものを語り始めた。といっても大した内容ではない。マナーを守って滑ること、意中の相手を見つけたら躊躇《ため》わずアタックしろ、たとえフラれてもスキーやスノーボードを嫌いになるな、といったものだ。

そこそこ笑いを取っている。

「では今日一日、楽しくお過ごしください」という台詞《せりふ》と共に男性は下がった。

数名のスタッフが現れ、参加者たちをリフト乗り場に誘導し始めた。まずは山麓《さんろく》のファミリーゲレンデを皆で滑ろうということらしい。里沢温泉スキー場の売りの一つはゴンドラを使っての長距離滑走のはずだが、ゲレコンという催しの特性上、参加者がばらけてしまうのを防ぐため、滑走エリアを制限するのだろう。

リフト前で参加者は男女別に並ばされた。男女共、ここへは二人一組で参加している。男性二人と女性二人が順番にクワッドリフトに乗るというシステムらしい。

桃実たちの番が回ってきた。一緒に乗ることになった男性二人組が、よろしく、といって頭をぺこりと下げてきた。両方ともスノーボーダーだった。よろしくお願いします、と桃実たちも応じた。

リフトに乗ると、「どちらから来られてるんですか」と桃実の隣の男性が訊いてきた。

「東京です」桃実が答えた。

「ああ、一緒だ。僕たちもそうです。ゲレコンは初めてですか」

「そうです。お二人は初めてじゃないんですか」

「僕たちも初めてです。だから、要領がわからなくて。とりあえず、自己紹介していいですか」

「あ、どうぞ」

男性二人が自己紹介を始めた。それによれば彼等は事務機器メーカーに勤める会社員で、職場の同僚なのだそうだ。年齢が二十五歳と聞き、がっくりした。そんなに若いのか。

話の流れ上、桃実たちも自己紹介をしないわけにはいかなくなった。職業を明かし、少し迷ったが、三十歳という本当の年齢を告げた。歳をごまかすのだけはやめよう、と弥生とは話してあった。

「あっ、そうなんですか」男性陣から発せられた声は平然としたものだったが、落胆した気配が露骨に返ってきた。いきなりハズレかよ、とか思っているのではないか。

しかしリフトに乗っている間は、この状況から逃れるわけにはいかない。観念したように男性たちは、あれこれと話しかけてきた。これまでにどこのスキー場に行ったか、どこが一番よかったか——当たり障りのない話題ばかりだ。好きな男性のタイプとかは訊いてこない。訊く必要がないと思っているのだろう。

ようやくリフトが終点に着いた。桃実たちがバインディングを付けるのを、先に装着を終えた男性たちが待ってくれている。とりあえず一緒に滑る気はあるようだ。

「じゃあ、行きましょうか」桃実たちが立ち上がるのを見て、彼等は滑り始めた。

だが、そこまでだった。彼等は時折止まっては桃実たちを待ってくれているが、その視線は終始、周りに向けられている。めぼしい女子を探しているのだろう。ふん、と桃実は鼻でせせら笑う。ゴーグルとウェア姿では、年齢を推定できまい。

また彼等は、やたらとリフトのそばを滑りたがった。大した腕前でもないくせに、リフトに乗っているほかの女子たちに滑りの技術をアピールしているつもりらしい。緩斜面でトリックを決めようとして転ぶのを見て、ざまあみろ、と呟《つぶや》いた。

リフト乗り場では、先程とは状況が少し違っていた。札が立っていて、『もう一回同じ相手と』という列と、『シャッフル希望』という列に分けられているのだ。

「じゃあお姉様方、また御縁がありましたら」一方の男がそんなことをいい、シャッフルの男性列に向かった。

「何なの、あれ。何がお姉様方だ」桃実は立腹する。

「まあ仕方ないんじゃないの。実際、うちらのほうがお姉様なわけだし。気を取り直して、こっちも並ぼうよ」弥生に宥《なだ》められ、列についた。

次に一緒になったのはスキーヤーの二人組だった。年齢が三十代後半というのは悪くないが、ゴーグルを外せ外せとうるさいので閉口した。

「顔が見えないままで話してるのって、時間の無駄だと思わない？　ゴーグルを外した時にがっかりされるぐらいなら、先に顔を見せとけばいいと思うんだよね」

「でもMCの人は、パーティ会場に入るまでは、なるべくゴーグルを外さないようにっていってましたよ」

「なるべくでしょ。いいんだよ、本人たちの合意があれば。じゃあさ、とりあえず俺たちが先に外しちゃうから、その後で決めてくれていいよ」そういうなり、男性はゴーグルを上げた。隣の男性も同じようにする。二人で、どう、とばかりに笑いかけてきた。

なるほどね、と桃実は納得した。どちらも整った顔立ちといえた。たぶん自信があるのだろう。しかしそれならパーティまでとっておけばいいのに、と思わざるをえない。こんなところで張り切って披露してしまう軽薄さが、すべてを台無しにするとは考えないのか。

「あたしたちはパーティまで隠しておきます」つい、冷淡な声が出てしまった。

彼等とも、それっきりとなった。再び、シャッフルの列に並ぶ。

その後もいくつかの組と一緒に滑ったが、今ひとつ波長が合わなかった。シャッフルにばかり並んでいる。

そして何度目かの時、彼等と出会った。スノーボーダーで、一方は青いウェアで、もう一方はグレーのウェアだった。

「ねえねえ、君のこと、カニさんって呼んでいい?」リフトに乗るなり、青色ウェアの男性が桃実に話しかけてきた。

「えっ、どうしてですか」

「だってさ、滑ってる時、両手をこうやって持ち上げてるじゃん。カニがハサミを上げてるみたいに」彼は肘《ひじ》を曲げ、両手を肩の高さぐらいまで上げた。

桃実の横で弥生が、ぷっと噴きだした。

「えっ、そうですか。見てたんですか」

「さっき下から見てたんだよ。こいつと二人でさ、おい見ろよ、カニが滑ってるぞって話してたんだ。ウェアとグローブが赤色で、あのフォームで決められたら、カニを思い出すなってほうが無理だよ」

「いいだしたのはこの男ですからね。僕は聞いてただけです」もう一人の男性がいう。

「えー、そうかなあ。ねえ、あたし、そんなふうに滑ってる？」弥生に訊いてみた。

「滑ってる、滑ってる。あははは、カニかあ」

「それでカニさんの正体は誰なの？　教えてくれないと帰るまでカニさんと呼んじゃうよ」

「やめてください。あたし、火野です」

「ヒノさんかあ。うーん、ヒノさんじゃ、カニさんと呼ぶのと大差ないな。だったら、カニさんと呼びたいなあ」

「えー、ひどーい」

「それにね、こいつの名字がヒダっていうんだよ」隣の男性を親指で示した。「ヒダとヒノじゃ紛らわしいでしょ。だから下の名前で呼ばせてよ。何ていうの？」

「桃実ですけど」

「モモミっ。いい名前だなあ。それならカニさんよりよっぽどいい。待てよ、カニと桃。何かなかったかそういう話。カニが桃の木を育てて、その実をサルが横取りして……」

「それは桃じゃなくて柿だ」もう一人の彼が突っ込んだ。「サルカニ合戦だ」

「ああ、そうだった。サルカニ合戦は柿か。そうかそうか。では、カニさんの向こうにいらっしゃるサルさんのお名前を教えていただきましょう」

「えっ、私？」突然の指名に弥生がうろたえる。

「君しかいないじゃない。教えてくれないなら帰るまでサルさんと呼んじゃいますよ」

「あー、だめだめ。山本弥生です」

「ヤヨイちゃんね。オーケー、インプットしました」

青いウェアの男は水城と名乗った。そしてもう一人の男性の名字は日田と書くらしい。

彼等の職場を聞いて、驚いた。何と、美雪と同じホテルだったのだ。職場の先輩からこのゲレコンの話を持ちかけられ、参加することにしたのだという。

桃実は合点した。彼女は美雪から見せられたパンフレットで今回のゲレコンを知った。美雪はそれを職場の人間からもらったといっていた。その人物というのが、たぶん水城たちの先輩なのだろう。

美雪のことをいおうかどうか迷い、結局黙っていることにした。高校時代の同級生とどういう形で再会したのかについて尋ねられた時、嘘をつくのが面倒だったからだ。一人の男に二股《ふたまた》をかけられていた関係、なんてことは口が裂けてもいえなかった。

桃実たちの職場がデパートの化粧品売り場だと知ると、水城は妙にテンションを上げた。

「だったら化粧のプロってことじゃん。やばいなあ、それ。ただでさえゲレンデマジックで目が曇ってるのに、プロのメイクでごまかされたら、素顔を見抜くのなんて不可能だよ。うわー、なんだそれ。君たちにとっちゃあ、俺たちを幻惑するのなんて赤子の手を捻《ひね》るも同然ってこと？　そんなプロのゲレンデマジシャンが混じっててもいいわけ？　あっ、それとも仕込み？　主催者に雇われてるとか？」

「そんな、プロ、プロって何度もいわないでください。ふつうですから」桃実はいった。

「いやいや、期待しちゃうよ。この後のパーティ、早くも楽しみができた。桃実ちゃんと弥生さん、どっちのメイクがすごいのかなあ」

「やだ、逃げる」弥生が呟く。

「だめだよ。そのウェア、覚えてるからね」

水城は話術が巧みだった。リフトに乗って数分で、桃実たちを名前で呼ぶようになり、楽しくしゃべりやすい雰囲気を作ることに成功していた。

リフトから降りると、バインディングを装着し、四人で滑り始めた。水城も日田も、なかなかの腕前だった。特に日田はスピード狂なのか、あっという間に小さくなった。彼を追うように弥生が滑っていく。

水城が途中で止まり、桃実を待ってくれていた。

「あははは、やっぱりカニになってるよ」手を叩《たた》いて笑った。

「えー、そうかなあ」桃実は首を傾げる。

「両手を軽く広げるのはいいんだけど、手のひらが上を向いてるから変なんだよ。手のひらを下に向けてみな。そうしたら、かっこよくなるし、滑りも違ってくるから」

「こう？」

「そうそう。そうやって滑ってみなよ」

いわれたようにして滑ってみた。違和感はあるが、何となく滑りが安定するような気がした。

「いいじゃん、いいじゃん」水城が追いかけてきた。「カニさん卒業だ。滑りは上手なんだから、スタイルに気をつけなきゃ」

「ええー、そんなに上手じゃない」

「上手なほうだよ。ちゃんと板に乗れてる。それが大事なんだ。よーし、そんな感じで一気に滑り降りちゃおう」そういって水城はスタートした。

褒められて悪い気がする人間はいない。桃実は軽快にぴょんと跳ねてから、彼の跡を追った。

リフト乗り場に行くと、日田と弥生が待っていた。水城が日田に近づいて何か話した後、桃実たちのところへやってきた。

「ええと、僕たちのほうにシャッフルに並ぶ気はないのですが、お二人はいかがですか。もっとほかの素敵な男性を物色したいということでしたら、諦めるしかないわけですが」今まで打って変わった丁寧な口調がおかしかった。

桃実は弥生と頷き合った。喜んで、と答えた。

「そうこなくっちゃ」水城は両手でガッツポーズをした。「よーし、今日のために準備しておいたトークネタを全部吐き出すぞ」スケーティングで乗り場に向かった。

彼等を追いながら、ようやく当たりを引いたかな、と桃実は思った。

3

結局、その後は一度もシャッフルに並ぶことはなく、桃実と弥生はずっと水城たちと滑っていた。昼過ぎになり、参加者たちはパーティ会場に移動するようにいわれた。

会場はスキーセンター内にある休憩所だ。しかしそこへ行く前に、桃実は弥生と共に化粧室に向かった。無論、メイクを整えるためだ。

化粧室は、同じ目的の女子たちでごった返していた。洗面台の鏡には、真剣な表情でメイクを整える顔がずらりと並んでいる。桃実はさりげなく品定めをした。明らかに二十代前半といえそうな女子が半分近くいる。この中で三十路《みそじ》女はどう映るか、不安になった。そのことを弥生にいうと、「それは考えたって仕方ないんじゃないの」という答えが返ってきた。

「それよりさ、あの二人、どう思う？」

「ホテルマンの二人？」

「もちろん、そう。私、悪くないと思うんだけど」

「あたしも。話が上手だし、親切だし」

「水城さん、面白いよね。それにあの人、たぶんわりとイケメンだと思うんだ。鼻筋が通ってるし、顎《あご》の形がいいし」

桃実も同感だった。やはり日頃他人の顔と接しているだけあって、どちらもそういうところは目ざといのだ。

「日田って人はどう？」

桃実の問いに、弥生はうーんと首を傾げる。

「何だか、ぴんとこない。よくわかんないよね、あまりしゃべらないから。リフトの上でも、水城さんに突っ込んだり相槌《あいづち》打ったりするだけだし」

「でも弥生、一緒に滑ってたじゃない」

「成り行き上ね。だって桃実が水城さんと滑るから。日田さん、すっごく上手《うま》いんだけど、一人でがんがん滑っちゃって、私のことなんか二の次って感じ。あの人、ここへ何しに来たんだろ」

「水城さんに誘われただけで、女子には興味ないんじゃない」

「あー、そうだね、きっと。でも水城さんは明らかに桃実狙いみたいだからなあ」

「えっ、そんなのまだわかんないよ。あたしの顔を見たら、がっかりするかも」

「いやあ、たぶんそれはないと思うよ。といっても、保証できないけど」

「ゴーグルを外したあたしたちを見て、何ていうだろうね」

「そもそも誰も近寄ってこなかったりして」

「そんな寂しいことになったら、早々に会場を出て、二人で滑ろう」

「うん、そうしようそうしよう」

期待と不安を胸に抱えたまま、会場に足を踏み入れた。四人掛けのテーブルがいくつか並んでいて、すでに多くの参加者が席についている。

桃実たちがウェアを着たままで立ち尽くしていると、一人の男性が駆け寄ってきた。上着を脱いでいるが、パンツの色でわかった。水城だ。

「火野桃実さんと山本弥生さん、こちらです。どうぞ、こちらへ。お二人の席を御用意してありますので」その声にも聞き覚えがあった。

二人を案内する水城の動作は洗練されていて、さすがはホテルマンと思わせるものがあった。そしてそれ以上に彼の素顔が桃実の胸を高鳴らせていた。一重瞼《ひとえまぶた》だが涼しげな目元は、彼女の好みにぴったりと嵌《は》まっていた。彼のほうはこちらの顔を見てどう思っているだろう、と気になった。

ファッションセンスも悪くなかった。黄色のTシャツの上から、チェックのオープンシャツを重ね着していて、裾《すそ》は当然パンツの外に出している。仕事柄か、短めの髪もよく似合っていた。

桃実たちがテーブル席に行くと、座っていた男性がさっと立ち上がった。全く知らない人だったが、状況から、おそらく日田だろうと察せられた。彼の場合、パンツの色も桃実の記憶に残っていなかった。

「さあ、どうぞどうぞ、お掛けになってください」

水城に促され、桃実たちは上着を脱いでから席についた。

テーブルを挟んで向き合うと、水城は桃実と弥生とを交互に見て、「恐れ入りました」と頭を下げた。「覚悟はしておりましたが、やっぱりあなた方はプロです。プロのゲレンデマジシャンです。私どものような素人《しろうと》には見抜けません。本物の美人にしか見えません。どうかお許しください。さあさあ、君も頭を下げて」隣にいる日田の頭を下に押さえつけた。

あははは、と弥生が笑った。

「本物の美人にしか見えないって、それ、聞きようによっては悪口なんだけど、一応おだてられてると思ったほうがいいのかな」

水城が顔を上げ、さわやかに笑った。

「多少、リップサービスもあるけど、素直に受け止めてほしいねえ。まあ、メイクが上手いというより、どちらも土台がいいんだろうけど」くだけた口調に戻しつつ、さらりと褒め言葉を載せてくるところがにくい。

口が上手いな、きっと女性の扱いにも慣れているんだろうなと思いつつ、桃実はますます水城のことが気になりだした。

会場には軽食や飲み物がブッフェ式で用意されていた。水城と日田がテーブルまで運んでくれた。

アルコールが少し入ると、水城の口は一層滑らかになった。彼は自分がしゃべるだけでなく、桃実たちから話を引き出すのも上手かった。職場での何でもないエピソードを披露しただけなのに、彼は大げさに食いついて、最後には面白いオチに結びつけてくれたりするのだ。おかげで桃実たちまでもが話し上手になったような気がした。

ところが小一時間が過ぎた頃から、水城の態度に微妙な変化が見え始めた。やけに弥生のことを根掘り葉掘り訊きだしたのだ。しかも最初は桃実の正面に座っていたのに、いつの間にか日田と席を交代している。

「弥生ちゃんは劇団四季が好きなんだ。俺も結構観《み》てる。一番好きなのは『キャッツ』」

「私も『キャッツ』は大好き。でも、一番はやっぱり『オペラ座』かな」

「あれは鉄板だからね。でも、隠れた名作は『オーヴァー・ザ・センチュリー』だな」

「えっ、それ知らない」

「だと思う。だって、めったに上演されないもん。ダンスがとにかくすごいんだ」水城と弥生は桃実が入っていけない話で盛り上がっている。

乗り換えられちゃったのかな、と桃実は思った。弥生がいったように、最初は明らかに水城のターゲットは桃実だったはずだ。しかし今や彼の関心は弥生に移ってしまったのかもしれない。あり得ることだった。弥生もなかなかの美人だ。

あのう、と日田が桃実に話しかけてきた。「アメフト、好きですか」

「アメフト?」

「アメリカンフットボールです。NFLとか」

「ああ……いえ、あまり」

あまり、というより全然だ。

「そうなんですか。でも、今年のスーパーボウル、ものすごく面白かったんです。残り十秒から負けてるほうが七点差を追いついて、しかも逆転を狙ったオンサイドキックが成功して――」

桃実が全く興味を示していないにもかかわらず、日田は熱く語りだした。その内容は彼女にはちんぷんかんぷんだった。

「DVDに録画してありますから、いつでもお貸しします」語り終えてから日田はいった。

ありがとうございます、と桃実は答えた。あほかこいつは、と腹の中でぼやく。

隣では水城と弥生が相変わらずミュージカル話を続けている。話題が切り替わる気配はなかった。

仕方なく日田に目を戻した。水城と違い、ヘルメットで押しつぶされた髪をどうにかしようという発想はないようだ。前髪がぺったりと額に張り付いているが、気にならないのか。

「えっ、どうかしました?」日田が尋ねてきた。

「いえ……そのインナーウェア、すごいなあと思って」

よく見ると彼はプロテクターを兼ねたインナーを着ているのだった。ごつごつとしたクッションは、着心地があまりよさそうではない。

「これでしょ? スノーボードをする時は、やっぱりこういうのを着てないと、思いきった滑りができませんからね。このウェアの色違いを、あと二着持っています」日田は自慢げにいった。

ゲレコンに、わざわざそんな武骨なものを着てこなくてもと思ったが、「すごいですね」と流しておいた。日田の場合、女子との出会いは二の次で、気が済むまで滑るのが第一目的なのだろう。

そうこうするうちにフリートークの時間が終わり、最初に挨拶したMCの男性がマイクを持って現れた。これからゲームを始めるのだという。簡単な説明があったが、ようするにジャンケン大会だった。男女でペアになり、ほかのペアと対決するのだ。男子同士、女子同士で順番にジャンケンし、先に二連勝したペアが勝ちというルールだった。

桃実は日田と組むことになってしまった。水城が当然のように弥生を誘ったからだ。

「よーし、がんばりましょう」日田が肩を回しながら張りきった声を出した。

ジャンケン大会が始まった。桃実たちは、すぐ横にいたペアと戦い、簡単に二連勝してしまった。内心、とっとと負けてしまいたいと思っていたが、うまくいかないものだ。

MCの指示のもと、二回戦が始められた。桃実たちはまた勝ってしまった。水城たちは負けたらしく、席についていている。

三回戦が行われた。まさかと思ったが、今度も勝ってしまった。気づくと勝ち残っているのは四組だけだ。今度勝てば決勝進出ということになる。こんなところで目立ちたくないのに。しかもこんな相手とペアで――。

と思っていたら、次の戦いであっさり負けてしまった。桃実はほっとしたが、日田はひどく悔しそうだ。失敗した、直前までチョキを出そうと思ってたのにどうして変えちゃったんだろう、なんてことをいつまでもぐちぐちと呟いている。

この人とは合わないな、と改めて思った。

ジャンケン大会が終わると、再びゲレンデに出ての滑走タイムとなった。午前中と同じように水城や日田と滑ることになったが、桃実の気持ちはずいぶんと違っていた。リフト上での水城のトークも、さほど楽しめなかった。

雪上に降りると、水城と弥生は仲むつまじく滑り始めた。そして日田は脇目もふらずにすっ飛ばしていく。桃実はマイペースで滑ることにした。

4

「さあ、いよいよ運命の時がやってまいりました。皆さん、覚悟はできていますか。もしできてないという方がいらっしゃったらいってください。私が励ましの言葉をかけさせていただきます」MCが気合いの籠《こ》もった声を響かせ、会場内を見回した。

桃実たち参加者全員は、パーティが行われた休憩所に集められていた。広いスペースを挟んで、男女それぞれ三十二名が一列になって向き合っている。

「いませんね？　皆さん、大丈夫ですね？　はい、では告白タイムです。今から男性陣の前に薔薇《ばら》の花が入った籠《かご》を回します。意中の女性がいる男性は、薔薇を一本取って、お目当ての女性の前まで進み、告白してください。もしその女性に告白したい男性がほかにいる場合、ちょっと待った、といって籠から薔薇を取り、最初の男性の隣に並んでください。女性は告白を受け入れる場合は薔薇を取り、そうでない場合はごめんなさいと答えてください。わかりましたね」

籠を持った女性スタッフが男性の列に近づいた。一番目の男性は首を振った。二番目も薔薇には手を伸ばさない。

「どうした、どうした？　フラれるのを恐れてるのか。そんなことでは幸せは手に入らないぞ。勇気を出していこう」MCがはっぱをかける。

すると三番目の男性が躊躇いなく薔薇を手に取った。おう、と周囲がどよめく。「いいぞいいぞ、その意気だ」MCも、はやしたてた。

その男性は迷いなく一人の女性の前まで進んだ。この段階になれば、相手の女性も自分のところに来るのではと薄々感づいているはずだが、驚いたようなしぐさをしているのはポーズだろう。

よろしくお願いします、と男性が薔薇を差し出した。女性は一拍おいてから、はい、といって受け取った。

「おー、早速カップル誕生、おめでとうっ」MCの声と共に拍手が鳴り響いた。桃実も手を叩いた。

そんなふうにカップルができたり、男性がふられたり、時には「ちょっと待った」があったりして、告白タイムは進んでいった。そしていよいよ薔薇の籠が水城たちに近づいた。

日田が薔薇を取った。真剣な顔つきで、真っ直《ます》ぐに桃実のところへやってくる。

まさか、と思った。あんた、女子は二の次でなかったの？　ゲレコンの意味、わかってなかったんじゃないの？　わかってたんなら、もっとちゃんとやろうよ。アメフトの話なんかしてないで――。

日田が桃実の前に立った。目が血走っている。桃実は水城をちらりと見た。ちょっと待った、とかいってくれないかなと思ったが、彼はにやにやしているだけだ。

「火野桃実さん、どうかよろしくお願いいたします」日田が両手を伸ばし、薔薇を差し出した。

桃実の中に迷いは一切なかった。

「ごめんなさい」頭を下げる。

あーあ、と力のない笑いが周りから聞こえた。

悄然《しょうぜん》とした様子で日田が水城のところへ戻っていく。その水城は、薔薇の籠には手を出さなかった。

「何か、冴《さ》えなかったね。せっかくの休日なのに変なことに付き合わせてごめん」東京に帰る新幹線の中で桃実は弥生に謝った。

「私は楽しかったよ。それに桃ちゃんに告白してくれる人がいてよかった。わざわざ参加して、男性陣から完全スルーされるのなんて惨めだから」

「でも日田さんじゃなあ」

「贅沢《ぜいたく》いいなさんな。お声が掛からなかった私の身にもなってよ」

「あたし、水城さんは絶対弥生に行くものだと思ってた」

弥生は小さく手を振った。

「それはないよ。水城さんがいってた。今回はサポート役に徹するんだって」

「サポート役？」

「日田さんのね。詳しいことは知らないけど、あの人、最近大失恋したんだって。それで水城さんが慰めるために今回のゲレコンに誘ったらしいの。だからもし日田さんが気に入った女子がいたなら、徹底的に応援するつもりだったんだって。水城さん、途中から桃ちゃんにはあまり話しかけなくなったでしょ？　日田さんが桃ちゃんに気があるとわかって、遠慮したみたい」

「……そうだったんだ」

弥生は、くすくす笑った。

「水城さん、ぼやいてた。せっかくこっちがお膳立てをしてやってるのに、日田のやつ、女の子の扱いが下手《へた》すぎて困るって。アメフトだのスーパーボウルだの、相手が興味のないことばっかりしゃべってどうするんだって怒ってたよ」

「あたしたちの話、聞いてたんだ」

弥生とミュージカルの話で盛り上がっているとばかり思っていたが、水城は友人の動向を常に気にしていたのだ。

「水城さん、いい人だなあ」思わず口をついた。

「うん、でも要注意人物だね、あれは。絶対に彼女とかいると思うし、日田さんと真逆で女の扱いに相当慣れてる。下手に関わったらヤケドしちゃうかも」そういって弥生はバッグから二枚の紙を出してきた。「帰り際に、水城さんからこんなのを貰《もら》っちゃった」

桃実は一枚を受け取った。それはランチの無料チケットだった。水城たちが勤めるホテルで使えるらしい。

「是非、お二人でどうぞだって。日田さんにごめんなさいをしたことは気にしなくていいそうよ。あいつは立ち直りが早いから大丈夫って水城さんはいってた」

「ふうん」

こういう抜け目のなさが日田に半分でもあれば、結果は少し違ったかもしれないのに、と桃実はチケットを眺めながら思った。

5

桃実たちがランチチケットを手にホテルの正面玄関をくぐったのは、四月に入って間もない頃だった。早く行こうと思いながら、職場から少し遠いので延ばし延ばしになっていたのだが、有効期限が迫っていることに気づき、あわててやってきたというわけだった。

ロビーを歩くと桃実は妙な感覚を抱いた。美雪と会ったのは先月だ。しかしずいぶん前のような気がする。あの時に彼女からゲレコンのパンフレットを見せられなければ、今日こんなふうにやってくることもなかった。そしてその美雪は、今はもうここにはいない。

ホテル内にどういうレストランがあるかは、事前にインターネットで調べてあった。弥生と二人で話し合い、和食にしようと決めていた。日本料理店は四階にあるそうなのでエレベータに乗った。

店に行ってみると、表にランチメニューが置いてあった。その内容がインターネットで見たものと同じであることを確認し、店に入った。

「いらっしゃいませ」レジカウンターのそばにいた黒服の男性が近づいてきた。

「あのう、これ、使えますか」弥生がチケットを差し出した。

「拝見してよろしいでしょうか」

ええ、と弥生はチケットを男性に渡した。

男性は一瞥して頷いた。

「はい、もちろん御利用可能でございます。本日ですと――」そこまで淀《よど》みなくしゃべったところで不意に言葉を切った。「あなた方は……」

それで桃実は相手の顔を見た。知らない人物だと思った。だがどこかで見たことがあるような気もする。

あっ、と弥生が声を上げた。「日田さん？」

はい、と男性は笑顔で頷いた。

「山本様と火野様ですね。その節は大変失礼いたしました」頭を下げてきた。

桃実は声を失っていた。目の前にいるのは、たしかに日田だ。しかしあの時とは雰囲気が別人だった。ブラックスーツや整えられた髪型のせいだけとは思えなかった。

「このチケットは、うちの水城がお渡ししたものですね」日田が尋ねてくる。穏やかだが歯切れのいい口調も、あの時とは全く違う。

そうです、と弥生が答えた。声がうわずっていた。

「ようこそお越しくださいました。ただ今、お席まで御案内いたします。さあ、どうぞ」顔を少し傾け、右手で奥を指し示す。そんな何気ない所作にさえ品位が感じられた。

日田に案内され、二人はテーブル席についた。

「こちらがランチメニューでございます。先に何かお飲み物でもいかがでしょうか」そういってから日田は腰を少し屈《かが》め、声を落として続けた。「もしよろしければ、私のほうからグラスシャンパンを御馳走《ごちそう》したいのですが。アルコールはまずいということでしたら、何かほかのものを考えますが」

弥生が、どうする、と尋ねる目を向けてくる。桃実は、いいんじゃないの、と答える代わりに頷いた。

「じゃあ、お願いします」弥生が答えた。

「かしこまりました」一礼し、日田はテーブルを離れた。

店内を颯爽《さっそう》と歩く彼から桃実は目を離せなかった。あの時の無神経で不器用なスノーボーダーと同一人物だとはとても思えなかった。

桃ちゃん、と弥生が呼びかけてきた。「驚いたね」

うん、と桃実は頷く。「びっくりした」

「変われば変わるもんだねえ」

「ほんと」桃実はまた彼の姿を目で探し始めていた。

ゲレンデマジック、という言葉を思い出した。ゲレンデで会うと異性が実際よりも何割か良く見える現象のことだ。ゴーグルで顔が確認しづらいとか、ウェアで体形がごまかされるとか、スキーやスノーボードの上手さに目がくらまされるといった理由がある。雪の上で助けられたり親切にされたりして心が動く、ということもあるようだ。

しかし日田は逆なのだ。逆ゲレンデに行くと異性としての魅力が半減するという、世にも珍しい個性の持ち主だったのだ。逆ゲレンデマジックとでもいったらいいだろうか。

桃ちゃん桃ちゃん、とまた弥生が小声で呼んだ。「目がハートになってるよ」

えっ、と息を呑み、胸を押さえた。

日田が戻ってきた。桃実と弥生の前にシャンパングラスを置き、慣れた手つきでシャンパンを注《つ》ぎ始めた。桃実は彼の顔を見ることができなかった。

グラスの中で躍る細かい泡を眺めながら、何かが始まる予感を抱いていた。

スキー一家

1

高速道路を降りて、一般道を三十分ほど走った頃から雪の勢いが増してきた。三月といっても、豪雪地帯はこれだから油断がならない。月村春紀は速度を緩め、慎重にハンドルを操作した。前方を除雪車が進んでいる。対向車線を確かめ、タイミングを見計らって追い越し、元の車線に戻った。タイヤが若干スリップしたが、あわてるほどではない。

ほう、と後部座席で土屋徹朗《てつろう》が声を漏らした。

「大したものだな。さすがは雪国育ちだ。雪道の運転に慣れている」

「いや、それほどでも」

たしかに月村の出身地である福島県には雪山もたくさんあるが、彼が生まれ育った場所は平地で、雪国育ちというのは当たらなかった。しかしそれについて、詳しいことは話さないでおいた。雪道の運転に慣れているのには別の理由があるからだが、それを明かすわけにはいかなかった。

「しかし珍しいよなあ。それなのにスキーを殆《ほとん》どやったことがないなんて。雪国の子供たちは、体育の授業で必ずスキーをやらされると聞いていたんだが」徹朗が釈然としない様子の声を出す。

「お父さん、またそれ？　そのことについては春紀君が何度も説明してるじゃない。一体、何遍訊《き》いたら気が済むの？」助手席で麻穂が不機嫌そうにいった。「――ごめんね、春紀君。答えなくていいよ。運転に集中してて」

「僕は別にいいよ。前にもお話ししたと思うんですが、授業ができるほど近くにはスキー場がなかったんです。それでスキーをする機会もなくて……」

「そうなのか。もったいないなあ。私だったら、週末ごとに車を飛ばしていきそうだ」

「生憎《あいにく》、免許を取った時には、もう東京に出てきておりまして」

「じゃあ、雪道を運転するのは帰省した時ぐらいかね」

「まあ、そうです」

「以前、御両親とお話しした時、息子は昔からめったに帰省しなかったとぼやいておられたがね。年に一度とか。それなのに、そこまで雪道走行に慣れるものか」

「そのたった一度の時に、買い物とかいろいろやらされたものですから。はい」

説明が苦しくなってきた。そろそろこの話題を打ち切ってくれないかな、と月村は心で念ずる。

ふうん、と徹朗は鼻を鳴らした。

「雪国育ちだから、たぶん雪のことがよくわかってるんだろうな。それで少しの経験で、雪道走行を会得できるんだ。うん、きっとそうだ」自分を納得させるようにいった。

妙な相槌《あいづち》を打って、この話が続いたら面倒だ。月村は黙っていることにした。

「でも春紀さんに運転してもらえることになってよかったわね。あなた、これからは楽ができるわよ」後部座席にいるもう一人、月村にとっては義母にあたる小百合《さゆり》がいった。

「ああ、それはそうだ。助かったよ。以前は四時間や五時間運転してもどうってことなかったが、やっぱり歳《とし》には勝てん。さすがにきつくなってきたからなあ」

「去年二人で行った時には、来年は新幹線にしようかなんていってたものね」

「そうだったな。しかし二人だけならともかく、四人となると話が違ってくる。新幹線なんて贅沢《ぜいたく》だ。それにスキーというのは、みんなで車に乗り合わせて行くものと相場が決まっている。そのほうが安上がりだし、乗り継いだり乗り換えたりしなくていいし、何より楽しい。うちはそのために車を買い換える場合、いつも四駆にしているわけだしな。本当に助かったよ。運転させられる春紀君としては、いい迷惑かもしれんが」

「いえ、そんなことはないです。お役に立ててよかったです」

「お礼といっては何だが、スキーのことは心配しなくていいからな。私がしっかり一から教えてあげよう。大丈夫だ。こう見えてもスキーを教えることには些《いささ》か自信がある。私に教わって検定に合格したという者が何人もいる」

「すごいですね。どうかよろしくお願いいたします」月村は台詞《せりふ》が棒読みにならないよう、口調に抑揚をつけた。

それにしてもなあ、と徹朗が憂鬱《ゆううつ》そうな声でぼやく。「里沢温泉というのがちょっとなあ……」

「まだいってる。しつこいわねえ」小百合が呆《あき》れたようにいった。「いい加減に諦めたらどうなの？　宿が取れなかったんだから仕方ないでしょ」

「うーん、この時期に、まさかそういうことになるとは思わなかった。もっと早くに予約すべきだった。失敗した」

「いいじゃないの、里沢温泉。いいスキー場らしいじゃない」

「それはわかってる。ずいぶん昔に一度だけ行ったことがある。広くてバリエーションが豊富で雪質もよかった。ただなあ……」

徹朗が浮かない様子なのは、彼が本来行きたかったのは別のスキー場だからだ。そのスキー場には、これから行く里沢温泉スキー場にはない大きな特徴があるのだった。

その特徴とは、ゲレンデはスキー専用でスノーボードは滑走禁止ということだった。

「お父さんみたいなことをいってたら、そのうちに行けるスキー場がなくなっちゃうよ」麻穂がぶっきらぼうにいう。「いい加減、観念したらいいのに」

徹朗が大きな音をたてて舌打ちした。

「しかしおかしいと思わんか。スキー場というからには、スキーが優先されて然《しか》るべきだ。そもそもスキーを楽しむために造られた施設なんだ。それなのにあんな変な連中をのさばらせるとは、いくら経営が苦しいといってもプライドがなさすぎる。せめて滑る場所を制限するべきだ。あいつらのせいでスキーヤーがどれだけ迷惑してると思ってるんだ」

「また始まった」麻穂がげんなりしたように呟《つぶや》く。

「麻穂だって、ぶつかられたことがあったじゃないか」

「また昔のことをほじくりかえして……。あれはあたしのほうが悪かったんだよ。こっちが後ろを滑ってたんだから」

「いや、そんなことはない。おまえはきちんと滑ってた。それなのに向こうが前を横切ろうとしたんだ。私は一部始終を見ていた」

「ある程度仕方ないよ。バックサイドターンの時、スノーボーダーは後ろが見えにくいから。それを考慮しなかったあたしがいけないの」

「考慮？　どうしてこっちがそんな気を遣わなきゃいかんのだ」

「だってスキー場では他人のことも気遣えって、お父さん、いつもいってるじゃない」

「それは相手がスキーヤーの場合だ。スノーボーダーのことなんか気遣う必要はない」

「えー、それって横暴」

「麻穂、おまえ、やけにスノーボーダーのことを庇《かば》うじゃないか。どういうことだ。まさか、スノーボードをやりたいとか思ってるんじゃないだろうな」

「そんなこと思ってないけど……」麻穂は、ぼそぼそと答える。

「何だ、歯切れが悪いな。いっておくが、結婚したからといって土屋家の家訓を捨てていいわけじゃないからな」

「家訓って、大げさな。お父さんが勝手に決めたことでしょ」

「家訓を決めるのは家長としての役目だ。土屋家の人間はスキーをする。そしてスノーボードなんかは断じてやらない。忘れるなよ」

「はいはい、わかりました」

「何だ、その返事は。本当にわかってるんだろうな。——春紀君、よく見張っておいてくれよ。この娘は、ちょっと目を離すと、すぐにおかしなことに手を出したがるからな。スノーボードをしたいなんていいだしても、絶対に認めちゃいかんぞ」

「僕はよく知らないんですが」月村は唇を舐《な》め、慎重に切りだした。「スノーボードって、そんなによくないものなんですか」

「よくないなんてものじゃない。悪だ。不良のすることだ」

「でもオリンピック競技にもなってるじゃないですか」

「それがいかんのだよ」徹朗が苦々しそうにいった。「あんなものをスポーツと認めちゃいけなかったんだ。ハーフパイプとかいうやつなんか、曲芸以外の何物でもない。サーカス団にでも入ってやってりゃいいんだ」

でも最近はスキーのハーフパイプもありますよ、といいたいのを月村は堪《こら》えた。

「春紀君は知らんかもしれんが、連中の服装を見たら呆れるぞ。完全に愚連隊だ。今からいっておく。もし子供ができたとして、必ずスキーをやらせろとはいわん。それは君たちに任せる。しかしスノーボードだけはやらせちゃいかん。そのことだけは忘れないでくれ」

覚えておきます、と月村は前方に目を向けたままで答えた。里沢温泉スキー場という表示が見える。月村が大好きなスキー場だ。先月も職場の仲間たちと訪れた。

ただしスノーボーダーとして——。

2

月村と麻穂は都内のホテルに勤務している。つまり職場の同僚だ。交際して半年後に結婚することを決めた。

麻穂の実家は神奈川県の藤沢《ふじさわ》にあるのだが、月村が初めて挨拶に行くことになった時、じつは大事な話があると麻穂から打ち明けられた。日頃は陽気で明るく、仲間たちからは天然ボケ扱いされている彼女が珍しく深刻そうな顔をしているので、月村は不安になった。

大事な話とは、麻穂の父親に関することだった。

ものすごいスキー好きで、ワンシーズンに十回近くは滑りに行くらしい。麻穂が子供の頃は、家族揃《そろ》って冬と春に行くのが恒例になっていたという。つまり土屋家はスキー一家なのだ。

その話を聞き、月村は少々驚いた。麻穂にスキー経験があることは聞いていたが、まさかそこまでとは思わなかったからだ。彼女とは何度もスキー場に行っている。だが二人でするのはいつもスノーボードだ。ただし、彼女はさほど上手《うま》くない。

じつはスキーはわりと得意なの、と麻穂はいった。幼い頃から父親に仕込まれたおかげで、どんなところも難なく滑れるらしい。しかし同年代の友人が皆スノーボード派なので、彼女もそちらに鞍替《くらが》えしたのだという。

ただし、と麻穂は声をひそめて続けた。自分がスノーボードをしていることは父親には内緒なのだ、と。

なぜなら彼女の父親はスノーボードを忌み嫌っているからだ。スノーボードの話題が出ると悪口が止まらなくなるし、スノーボードがテレビの画面に出てきたりするとチャンネルを変えるらしい。

だから月村がスノーボードを趣味にしていることは、とりあえず黙っておいたほうがいい、と麻穂はいうのだった。

「スノーボードをしちゃいけないってわけじゃなく、していることをいわなきゃいいだけなの。両親とは別々に暮らすんだから、ばれないし、何も問題ないよ」

彼女の言い分に月村も納得した。結婚相手の父親に会うというだけで緊張を強いられるのだ。わざわざ先方が不愉快になるネタを披露する必要はない。

それから間もなく月村は麻穂の両親のもとへ挨拶に行った。父親の徹朗は聞いていた通りに頑固そうな人物だったが、幸い月村のことを気に入ってくれた様子だった。彼が福島県出身だと知ると、早速食いついてきた。磐梯山《ばんだいさん》や会津《あいづ》高原のスキー場名を挙げ、行ったことはあるかと尋ねてくるのだった。

それらのスキー場には行ったことがあった。無論、スノーボードをしに行ったのだ。したがって月村としては、行ったことがない、と答えるしかなかった。

もったいない、といって徹朗は渋面を作った。スキーはしないのか、と訊いてきた。

殆どやったことがない、と答えた。実際にそうだったからだ。すると徹朗は次のようにいった。

「麻穂から聞いていると思うが、うちはスキー一家なんだ。かつては、家族でスキー旅行に行くのが毎年の恒例になっていた。君も始めてみたらどうかね」

これに対し、スポーツは苦手なので僕はやめておきますとかいって、はっきりと断っておけばよかったのかもしれない。しかし何しろ相手は婚約者の父親だ。無下な対応はまずいと思った。そこでつい軽々しく発した台詞が、「はい、機会があれば是非」だった。

そのことを後悔するのは、それから約一年後だ。結婚して、四か月が経《た》っていた。夕食時に麻穂が、面倒くさいことになった、というのだった。

「あの時の春紀君の言葉を真に受けて、お父さんがスキー旅行の手配を始めるとかいいだしちゃったの。春紀君の都合に合わせるから、スケジュールを聞いておけって」

愕然《がくぜん》とした。本当に面倒くさい話だった。だが、ごめんねと麻穂に両手を合わせられると、ぼやくわけにはいかなかった。自業自得でもあるのだ。

「仕方がないので今回だけ付き合うよ。で、うまく滑れなくて懲りたって理由で、次回からはパスさせてもらおう」

「うん、それでいいと思う。でね、もう一つお願いがあるんだけど」

スキー場までの運転をしてもらえないだろうか、と麻穂はいうのだった。これまでは徹朗が運転をしていたのだが、歳なのでそろそろ心配なのだ、と母親の小百合がいっているらしい。

「それぐらいはいいよ。慣れてるし」

麻穂と二人でスノーボード旅行をする際は、大抵車で行っている。

ただしそのことも隠しておかなきゃいけないんだな、と月村はため息をついた。

3

「目線だ、目線っ。下を見ちゃいかんっ。遠くを見るんだ。遠くだ、遠くっ」

徹朗の怒鳴り声が響いている。いわれた通り遠くを見ようとして、月村は上体を急に起こしてしまった。その途端、重心が後ろ寄りになるのが自分でもわかった。スキー板が前に走り、身体《からだ》が残された。

「わったった。しまった」

立て直そうとしたが手遅れだった。月村は派手に尻餅《しりもち》をついた。よりによって、そこだけが妙に硬いアイスバーンになっていた。尾てい骨を強打し、激痛が尻から頭頂に抜けた。

「くっそー、何でこうなるんだよ」歯痒《はがゆ》さに、思わずぼやきが漏れた。

スキーポールを使って立ち上がったところへ、徹朗が滑って近づいてきた。

「いかんなあ、やはり足元を見ている。もっと遠くに視線を向けるんだ。目線を上げるといっても、身体を起こすんじゃない。身体は前傾姿勢を保ったままで、目線だけを上げるんだ。そうしないと今みたいにさらに後傾になって、板を制御できなくなる」

「はい、わかっています」月村は答えた。口先だけでなく、本当にわかっている。なぜなら原理はスノーボードも同じだからだ。

「まあ、わかっていても、なかなか思ったようにはできないのがスキーなんだがね」

その通りだ、と月村は心の底から同意する。スノーボードを始めた時もそうだった。

あのう、とおそるおそる切りだした。

「板を揃えて滑るのは、やっぱりまだ早いと思います。もう少し慣れるまで、ボーゲンで滑っていようと思うんですけど」

ボーゲンならば、多少何とかなるのだ。

「何をいってるんだっ」徹朗は苛立《いらだ》った声を上げ、スキーポールをぐさぐさと雪に突き刺した。「そんなことをいってたら、いつまで経ってもボーゲンしかできないままだぞ。小さい子供ならともかく大人なんだから、もっと果敢にチャレンジしなきゃいかん。さあ、もう一回だ」

はあ、と首をすくめ、月村はそろりそろりと滑りだした。

「何だなんだ、そのフォームはっ。腰が引けてるぞ」後方から徹朗の叱咤《しった》する声が飛んできた。「はい、そこでターンだ。ターンしろっ。思いきって前に荷重して。前だ、前っ」

月村は前方に重心を移動させようとする。ところがどうしてもうまくいかない。スキー板の先端が斜面の下を向いたところで、後傾になっているのが自分でもわかった。暴走を始めたスキーを制御できない。

徹朗の怒鳴り声が耳に入ってきたが、何をいっているのか聞き取れない。混乱した状態で、またしても転倒してしまった。

「あーあ」力ない声が口から出てしまう。今度はすぐに起き上がる気力も出なかった。

座り込んだまま、何気なく遠くに目をやった。未圧雪バーンをスノーボーダーたちが滑っている。雪煙を舞い上がらせ、じつに気持ちがよさそうだ。きっと歓声を上げているに違いない。

誰かが滑ってきて、すぐ横で止まった。どうせ徹朗だろうと思ったが、違った。黄色いスキーウェア姿の麻穂だった。

「春紀君、大丈夫?」心配そうに覗《のぞ》き込んでくる。

「まあ何とか」彼女の手を借り、立ち上がった。「お父さんは?」

「あたしが、春紀君に少し休憩させてやってよといったら、じゃあ先にレストランに行ってるって」

「そうなのか。助かった」

「ごめんね、変なことに付き合わせちゃって」

「変なことだとは思ってないけど、スキーってやっぱり難しいな」

「あたしはスノーボードのほうが難しいと思うけど」

「どっちを先に始めるかなんだろうなあ」月村は再び遠くの斜面に目をやる。数名のスノーボーダーが滑走している。「あー、スノーボードでパウダー滑りたい」

「辛《つら》いだろうけど我慢して」

「うん、わかってる」

麻穂が滑りだしたので、月村も跡を追った。得意というだけあって、麻穂の滑りはなかなかのものだ。月村のボーゲンではとても追いつけなかった。

4

レストランに入っていくと、休日だけに結構な混みようだった。長いテーブルがずらりと並んでいるが、広く席が空いているところなどなかった。しかし徹朗と小百合が席を確保してくれていた。

「お待たせしました」ヘルメットを外しながら月村は謝った。顔が汗びっしょりだ。

はっはっは、と徹朗が愉快そうに笑った。「かなりへばったようだな」

「参りました。へとへとです」

「まあ、最初は誰でもそうだ」そういってから徹朗は隣接しているテーブル上に目を移し、眉間《みけん》に皺《しわ》を寄せた。「おい、ここにあるものは君らのだろう。こんなふうに広げて置いたら、ほかの人が座れないじゃないか。自分の手元に置きなさい」横で談笑していた若者たちに声をかけた。

そこにはグローブやゴーグルが置かれていたのだ。若者たちは、すみません、と首をすくめるようにしてそれらのものを引き寄せた。まだ十代か、二十代前半だろう。うるせえジジイ、とか思っているに違いない。

徹朗は若者たちの足元を見下ろしてから、口をへの字に曲げた。

「やっぱりスノーボードの奴《やつ》らだ」声を低くひそめていった。「連中はとにかくマナーがなっとらん」

月村は無言で首を傾《かし》げた。たしかに隣の若者たちは、少々気配りが足りないようだ。だがそのこととスノーボードとは関係がない。人間性の問題だ。現にスキーヤーの中にも、彼等と同じように荷物を広げてテーブルを必要以上に占拠している者もいる。ただ、そのことをいっても徹朗を不機嫌にさせるだけだろうと思い、敢《あ》えて口にはしないでおいた。

「見たまえよ、春紀君。あの格好を」徹朗が唇を突き出し、顎《あご》をしゃくった。

月村はそちらに視線を向けた。二人のスノーボーダーが入ってきたところだった。

「何か問題が？」月村は訊いた。

徹朗は不満げに眉根を寄せた。

「よく見なさい。ズボンをあんなにずり落として穿《は》いとるじゃないか。ただでさえぶかぶかなのに、あんなんでよく歩けるもんだ」

ははあ、と月村は合点した。スノーボーダー特有の腰穿きというスタイルが気にくわないらしい。

「あれはあれでいいの」麻穂がいった。「ファッションなんだから」

「何がファッションだ。だらしない。私にいわせれば不良丸出しの格好だ」顔を歪《ゆが》め、徹朗は吐き捨てた。

その時だった。ヘルメットと缶コーヒーを手にした体格のいい男性が徹朗のそばに立ち、すみません、と声をかけた。「ここ、空いてますか?」隣の椅子《いす》を指した。

「ああ、空いてますよ」そういってから徹朗はちらりと男性の足元に視線を落とした。スキーヤーかスノーボーダーかを確認したのだろう。

男性は椅子を引き、脱いだ上着を背もたれにかけてから腰を下ろした。年齢は三十半ばといったところか。その足の動きは、明らかにスキーブーツを履いていることを窺《うかが》わせるものだった。

缶コーヒーのプルタブを引き、うまそうに一口飲んでから、男性が月村たちのほうに雪焼けした精悍《せいかん》な顔を向けてきた。「御一家でスキー旅行ですか」

「ええ、まあ、御一家というか……」月村が答えた。

「家族ですよ」徹朗が苦笑した。「彼は娘の旦那です。スキーをあまりやったことがないというので、それなら是非ってことで連れてきたんです。うちは昔からスキー一家でしてね」

男性に説明した。

「そうでしたか。じつは先程、遠くから拝見させていただいていて、不思議に思ったんです。スキーに慣れた御家族のように見えるけれど、お一人だけ初心者が交じっているというのはどういうことかなと。これで謎が解けました」男性はにこやかにいった。「しかし羨《うらや》ましいですね。御両親としては、これからますますスキー旅行が楽しくなるんじゃないですか」

「そのように期待しておりますが、そのためには婿さんにがんばってもらわなきゃいかんのですよ。わっはっは」徹朗が上機嫌で答える。スキーヤーが相手だと途端に愛想がよくなるらしい。

「すぐに上手になられますよ。何しろ、先生が素晴らしいですから」そういって男性は徹朗のほうを向いた。「滑りを見せていただきましたが、かなりの腕前でいらっしゃいますね。本格的に競技スキーをしておられたんじゃないですか」

いやいや、と徹朗は手を振った。

「小さな大会に何度か出たことはありますが、とても競技なんていえるレベルじゃありません。それに大昔のことで、今はマイペースで楽しんでいるだけです」

「そうなんですか。あの滑りを見ると、かつて選手だったとしか思えませんが」

「ありがとうございます。まあ、若い頃、かなりみっちりと指導を受けましたからね」

「そうでしょうね。でないと、あれだけの滑りはできないと思います」

いやあそんな、と徹朗は照れ臭そうに笑う。褒められて、まんざらでもなさそうだ。

「お一人なんですか」小百合が横から男性に尋ねた。

「そうです。今日はオフなので、たまにはのんびり楽しもうかと」

「オフというと？」徹朗が訊く。

「ふだんはこのスキー場で働いているんです」

ははあ、と徹朗が目を見張った。「どういったお仕事を？」

「パトロールです」男性はさらりと答えた。

「それはそれは」徹朗の眼差《まなざ》しに憧憬《しょうけい》の色が浮かんだ。「だったら、スキーも相当な腕前なんでしょうなあ」

「いや、それほどでも」男性は恥ずかしげに笑い、首を振った。「里沢温泉にはよく来られるんですか」

「大昔に一度来たっきりです。だからコースも殆ど覚えていなくて、どこを滑ればいいのかよくわかりません。何しろ広大ですからな」

男性は頷《うなず》いた。

「もしよろしければ僕が御案内しましょうか。お勧めしたいコースがいくつかあります。穴場も」

ほう、と徹朗の頬《ほお》が緩んだ。「よろしいんでしょうか」

あなた、と小百合が徹朗の腕を突《つつ》いた。「厚かましいわよ」

「僕のことならお気遣いなく。一人で滑るより、皆さんと一緒のほうが楽しいですから。もちろん、御家族だけで滑りたいということでしたら、無理にとはいいませんが」男性は柔らかい口調でいった。

「どうするかな」皆の意見を尋ねるように徹朗が顔を巡らせた。

「あたし、案内してもらいたい」麻穂が右手を挙げた。

「そうか。春紀君はどうだ？」

「ボーゲンでも大丈夫なところでしょうか」月村は男性に訊いた。

「ボーゲンが出来れば平気です」

徹朗は顔をしかめ、頭を掻《か》いた。「まあ、今日だけはボーゲンを許そう」

「じゃあ、決まりですね。おかげで楽しいオフになりそうです」男性が笑顔でいった。

お互いに自己紹介をし合った。男性は根津《ねづ》と名乗った。

5

前方に目を向け、大きく開いた両足を踏ん張った。スピードを抑えてはいるが、疾走感は十分だった。雪質が良く、斜度も適度だからだ。おまけに人がいない。横幅のあるバーンを端から端まで存分に使える。スノーボードでは何度か滑ったことのあるコースだが、スキーだとまた違った感覚が得られるのだった。

　ボーゲンの自分でさえこれほど爽快なのだから、はるか前方を滑っている徹朗たちの快感は半端ではないだろう、と月村は想像した。

　どうにかこうにか降りていくと、途中で皆が待ってくれていた。

「春紀君、大丈夫か」徹朗が尋ねてくる。

「はい、何とか。すごく気持ちよかったです」

「そんなボーゲンでか？　私にいわせれば、せっかくの御馳走《ごちそう》にマヨネーズをかけて食べているようなものだぞ」おかしなたとえ話をした後、「しかし素晴らしい」と徹朗は根津のほうを見た。「案内してもらってよかった。自分たちだけでは、たぶんこんなコースは見つけられなかったと思います」

「そういっていただけると、お節介をした甲斐《かい》があります」

「それにあなたのスキーの腕前も見事です。さっき褒めてもらいましたが、調子に乗ったことを後悔しましたよ。あなたこそプロレベルだ」

「そんなことはないです」根津は手を振った。「以前、一緒に働いていた女性パトロール隊員は、アルペンのナショナルチームにいました。彼女の滑りを見たら、自分が嫌になりますよ」

「そんなすごい人と一緒にいたら、そう思うかもしれませんが、我々の目から見れば、あなただって十分にすごいですよ」

「ありがとうございます。土屋さんも大したものです」

「いやいや」

ただ、と根津が少し口調を変えた。

「欲をいえば、もう少しキレがほしいですね。微妙に雪面をエッジで捉《とら》えきっていない瞬間がありますす。それ以外はほぼ完璧《かんぺき》なので、とても惜しい感じがします」

徹朗が身体を後ろにのけぞらせた。

「やはりわかりますか。そうなんです。昔からの悪癖でしてね、なかなか直りません」無念そうにいった。

「癖というより、考え方だと思います。膝の曲げ伸ばしの際、脛《すね》をブーツに押し当てることを意識しておられませんか」

「意識しています。それがいかんのですか」

「悪くはないのですが、もう一段階上の滑りを会得するには、考え方を変える必要があると思います。その場で両膝を曲げていただけますか」

こうですか、と徹朗は腰を落とした。

「その状態で膝下まで水に浸《つ》かっている、と想像してみてください」

根津の言葉に徹朗は口を開けた。「えっ、水にですか」

「そうです。そうして、水面に全く波紋ができない、つまり水に浸かっている部分は全く動かさないイメージで、膝から上だけの屈伸運動をしてみてください」

「ええ？　そんなことが出来るかなあ」戸惑いつつ、徹朗は身体をぎごちなく動かした。

そうですそうです、と根津はいった。

「それでいいんです。その動きが滑りの中で出来れば、きっと変わってくると思います」

「たしかに雪面に力が伝わる感じがします」

「それを心がけて滑ってみてください。最初は違和感があるかもしれませんが、次第に慣れてきて、違いがわかるようになるはずです」

「わかりました。やってみます」

徹朗は滑り始めた。何度かターンするが、そのフォームは今までよりも丁寧になったように見えた。たぶん根津にいわれたことを意識しているからだろう。

「そうです、その調子っ」根津が大きな声をかけてから徹朗を追った。

徹朗が途中で止まったので、再び全員が集まった。

「とてもいいです。今の感じです」

根津にいわれ、徹朗は頷いた。

「何となく、わかりました。足裏全体で雪面を押している感覚があります」

「それです。続けていれば、きっとよくなるはずです」

「ありがとうございます。勉強になりました」

「さあでは、この後は一気にゴンドラ乗り場に向かいます。ついてきてください」そういうと根津は滑りだした。そのフォームが美しいことは月村にもわかった。

「いやあ、この歳になって新しいことを教わるとは思わなかったなあ。やっぱりスキーは奥が深い」感心したように漏らしてから徹朗はスタートした。小百合がそれに続く。

麻穂が滑りだす前に月村のほうを向いた。「お父さん、上機嫌ね」

「そうみたいだね」

麻穂が滑り始めたので、月村もついていった。麻穂は彼のことを考えてか、スピードを抑えてくれている。スノーボードで何度も滑っているから道に迷うおそれはないのだが、やはり転倒が心配なのだろう。

下まで降りると五人でゴンドラに乗った。

「それにしても、じつに良いスキー場ですなあ」ゴーグルを外し、徹朗が感嘆の声を上げた。

「広くてコースのバリエーションも豊富だ。こんなところで滑っていたら、誰でもすぐに上手くなりそうだ」

「スキー場の社長に伝えておきます」根津が笑みで返した。

窓から外を眺めていた小百合が、あら、と声を漏らした。どうした、と徹朗が訊く。

「あんなところに人がいる。あそこ、滑ってもいいんですか」下を指差し、小百合は根津に訊いた。

　月村は首を伸ばし、指されたほうを見た。密集した木々の間にカラフルなウェアが見え隠れしている。スノーボーダーらしい。

　根津が表情を曇らせた。

「滑走禁止エリアです。よくいるんですよ、あのあたりに。見つけたら注意しているんですけど、なかなか減りません」

「スノーボードの奴らでしょう？　あいつらはルールってものを知らないから困る」徹朗が苦々しそうにいった。

　いえ、と根津が小さく首を振った。

「スノーボーダーだけではないです。最近はスキーヤーも増えました」

「まさか。ごくわずかでしょう？」

「それがそうでもないんです。深雪用のスキー板が流行していて、未圧雪のエリアを楽しむ人が多くなりました。それに伴って、コース外に出てしまう人も増えたというわけです」

「それは……いかんですな」

「まあスキー場側もそういった傾向を受け止めて、滑走可能な未圧雪エリアを徐々に増やしたりしているんですけど、やっぱり誰も滑っていないところを滑りたいという欲求に勝てない人が多いみたいです。――ところで」根津は話を継いだ。「土屋さんは深雪滑走はいかがですか。年配のスキーヤーの中には、深雪はあまり好きではないという人が多いのですが」

「いやいや、とんでもないっ」徹朗は、ぴんと背筋を伸ばした。「スキーで滑れるなら、どんなところでも好きです。アイスバーンでもコブでも平気です。まして深雪となれば、涎《よだれ》が出るほど大好物です。深雪用の板なんか不要です」熱く語った。

「それはよかった。じつはとっておきのパウダーゾーンがあるんです。締めくくりに、そこを御案内いたしましょう」

「それはじつに楽しみですな。ただ初心者がいるからなあ」徹朗が不安そうに月村を見た。

「迂回《うかい》コースがあるから大丈夫です。下で合流できますよ」

「それなら安心だ。パウダーか。それはいい」徹朗は今にも舌なめずりをしそうだった。

ゴンドラを降りると、再び根津を先頭に滑り始めた。ボーゲンながら月村も少しずつスキーに慣れてきて余裕も生まれた。すると根津が向かっている先も、何となく見当がついてきた。仲間たちとスノーボードをしに来た時、必ず滑る場所があるのだ。殆ど人が入らない穴場だ。

辿《たど》り着いたのは予想通りの場所だった。林道から脇にそれたエリアで、正式なコースだが降雪の後などは入り口がわからなくなるので、知らない者は滑ろうとしないのだ。

「雪の状態がどうなっているか、ちょっと見てきます」根津はスキー板を外し、積もった雪の中を歩いていった。ブーツなので、かなり動きにくそうだ。

斜面の下を覗き込んだ根津は、両手で大きな輪を作ってから戻ってきた。

「ばっちりです。誰も滑ってない、ノートラック状態ですよ」

「それは素晴らしい」徹朗がいった。

「私たちはどうすればいいんでしょうか」小百合が訊いた。「私、深雪なんて無理なんですけど」

「この林道をもう少し進んでください。すると左側に圧雪されたコースがあります。そこを降りれば我々と合流します」そういいながら根津はスキーを履こうとした。だがうまくいかないらしく、何度も繰り返している。「あれ？　どうなってるんだ。あっ、もしかして……」

スキー板のバインディングを覗き込み、舌打ちした。

「どうかしましたか」徹朗が訊いた。

「バインディングが古くて、不具合が出ることがあるんです。まずいな。工具がないとどうにもならない。パトロールに電話して、誰かに持ってきてもらいます」根津はウェアのポケットに手を突っ込んだ。

その時だった。数名のスノーボーダーがやってきた。

「あれ、根津さんじゃん。何やってんの？」一人が声をかけてきた。声はかなり若い。

「おう、おまえらか。オフだから、この人たちを案内しているところだ」

「ふーん、そうなんだ」若者は、月村たちをちらりと見てきた。徹朗は汚らわしいものから目をそらすように横を向いている。

「おまえら、もしかして今からこの下を滑る気か？」根津が若者たちに訊いた。

「そうだけど、それがどうかした？」

「すまないが、今回は遠慮してくれないか。この方にノートラックのパウダーを楽しんでもらいたいんだ」

根津さん、と徹朗が口を挟んだ。「私のことなら構いませんよ」

「いや、せっかくですから。——なあ、どうだ？　おまえらはいつだって滑れるわけだし」

根津は再び若者たちに訊く。

「わかった。そういうことなら譲るよ。よそから来てくれたお客さんが最優先だ。——いいよな、みんな」リーダー格の若者の言葉に、ほかの者たちも頷いた。

「それから、おまえたちの中に足のサイズが二十七センチの者はいないか」

「俺、そうですけど」一人の長身の若者が手を挙げた。

「ちょうどよかった。じつは片方のバインディングが壊れて困っていたところだ。道具を交換してくれないか。下のパトロール室で返すよ」

「いいっすよ。根津さんでも、さすがに片足でパウダーを滑るのは無理だろうから」そう答えるなり長身の若者はバインディングを外し、さらにはブーツを脱ぎ始めた。

えっ、と徹朗が根津を見た。「道具を交換？　根津さんがスノーボードをすると？」

「はい。どちらかというと、そっちが本職なので」

「本職？」

「根津さんはスノーボードクロスの選手だったんです。しかもオリンピック選手候補」一人の若者がいった。「候補止まりだったけど」

「余計なことはいわなくていい」根津はスキーブーツを脱ぎ、代わりに長身の若者から受け取ったスノーボードブーツを履き始めた。

月村は徹朗の様子を窺った。間もなく六十六歳になる義父は、驚きのあまり声を失っているように見えた。

根津がブーツを履き、バインディングの装着を始めた頃には、長身の若者は滑る準備を終えていた。ただしスキー板は右足にしか付けていない。もう一方の板は別の若者が抱えている。

「じゃあ根津さん、後で」長身の若者がいった。

「おう、すまんな」

若者たちが滑りだした。長身の若者は片足だけで何ら問題なく滑っていく。そのフォームは明らかに上級者のものだった。

「連中は全員、スキーも検定一級の腕前です」根津が啞然《あぜん》とした様子の徹朗にいった。

「そう……なんですか」徹朗の返答する声は苦しげだった。

「いい子たちですね。よそから来たお客さんが最優先だなんて」小百合は感激したようだ。

「皆、このスキー場が賑《にぎ》わうことを願っていますからね」根津は誇らしげだった。

春紀君、と麻穂が呼びかけてきた。「あたしたちも行かない？　先に降りて、お父さんたちの滑りを下から見ようよ」

「あっ、それがいいな。——じゃあ、先に行っています」月村は根津たちにいった。

「わかりました。タイミングを見計らって、降りていきます」

月村たちは滑り始めた。林道を行くと左側にコースが現れたので、そこに進入していく。圧雪された、快適なバーンだった。

下まで降りたところで、左側の斜面を見上げた。見事なパウダーゾーンがそびえている。くっそー、と月村は思わず声を漏らした。「滑りたいなあ、最高じゃないか」

聞こえたらしく、麻穂が小百合のほうをちらりと見てから唇に人差し指を添えた。

間もなく、斜面の上部から雪煙が降りてきた。舞い上がらせているのは徹朗だった。ノートラックのパウダーを、気持ちよさそうに滑り降りてくる。大好物というだけあって、深雪でのテクニックもなかなかのものだった。

その徹朗を追うように根津がスノーボードで猛然と滑っている。ほれぼれとするようなフォームで、豪快かつ安定感抜群だ。

徹朗が月村たちのところへやってきた。

「あなた、どうだった？」小百合が訊いた。

「うん、気持ちよかった」そういってから徹朗は後ろを振り返った。

根津がスノーボードで滑り降りてきて、止まった。「いかがですか？」自信たっぷりの口調で徹朗に問う。

「最高です。こんなのは久しぶりだ」

「そうでしょう。よければ、もう一本どうですか。リフトを使えば、すぐに上がれます」

「じゃあ、もう一本行きますか」

行きましょう、といって根津は滑りだした。その姿を眺めてから徹朗が呟いた。

「ほんとうにスノーボードも滑るんだなあ……」

「本職だっておっしゃってたじゃない」

麻穂の言葉に黙って頷いてから、徹朗はスタートした。その後ろ姿は、何事かに落胆しているように見えた。

6

旅館の窓から見上げた夜空は星が奇麗だった。明日は晴れるだろう。三月も半ば近くになり、ここ里沢温泉も、今後は降雪の見込みは少ないとのことだった。そう思うと、今日のあのパウダーをスノーボードで滑走できなかったのはじつに惜しい気がする。

しかし、と思った時だ。

背後で物音がして、月村は振り返った。襖《ふすま》が開き、浴衣《ゆかた》姿の麻穂が入ってきた。顔が上気している。ゆっくりと温泉に浸かってきたらしい。「ああ、気持ちよかった」テーブルの前で正座し、化粧バッグを出してきた。

「お母さんから何か聞いた？」月村は尋ねた。

麻穂は化粧水を顔につけながら、にやりと笑った。

「お父さん、やっぱりかなりショックだったみたい。そりゃあそうよね。行きがかり上とはいえ、スノーボーダーと仲良くしちゃったわけだし。しかもスキーを教えてもらったりして、かなりプライドが傷ついたと思うよ」

「そうだろうなあ」月村は妻の向かい側に腰を下ろした。

「これでもうお父さんも、スノーボードの悪口はいえなくなるよ。すべて計画通り。うまくいったね」

「うん、そうだな」

「後で橋本さんに報告しておこうっと。作戦成功、ありがとうございますって」麻穂は鼻歌交じりに顔の手入れを続けた。

橋本さんというのは、月村たちが働いているホテルの料飲部にいる女性だ。ふとした縁から親しくなり、先月この里沢温泉に来た時のメンバーでもある。

じつはその時の旅行では、ちょっとした事件があった。元々は、月村たちの先輩が橋本さんにプロポーズをするというサプライズが用意されていて、月村たちもそれに協力するはずだった。ところが橋本さんの元彼という男性が突然現れて、先にプロポーズしてしまったのだ。そしてあろうことか、橋本さんはそれを受け入れてしまった。本来プロポーズするはずだった先輩の落ち込みようは、見ていて気の毒になるほどであった。

それはともかく、その時に橋本さんの元彼をスノーモービルに乗せ、橋本さん探しに協力したのは、一人のパトロール隊員だった。その元彼は里沢温泉スキー場の常連客で、以前から顔なじみだったらしい。

月村たちとそのパトロール隊員との間に関わりが生じたのは、ちょっとした成り行きからだった。

麻穂によれば、橋本さんと一緒にいる時、ふとした話の流れから父親のスノーボード嫌いと今回のスキー旅行についてぼやいたらしい。すると橋本さんから意外な言葉が出たという。

「里沢温泉スキー場に行くんなら、現地のスタッフに知り合いがいるから相談してみようか。パトロールをしている人なんだけど、何か知恵を貸してくれるかもしれないよ」

思いがけない話だった。あまり当てには出来ないと思いつつ、よろしくお願いします、と麻穂は頼んだ。すると橋本さんは、実際に相談してくれたようだ。後日、一通のメールが月村の元に届いた。タイトルは『里沢温泉スキー場の件』とあった。

文面は以下のようなものだった。

『はじめまして。里沢温泉スキー場パトロール隊の根津という者です。橋本美雪さんから事情を聞きました。せっかくうちのスキー場に来られるのに、大好きなスノーボードができないというのは辛いですね。私に考えがありますので、任せていただけませんか。うまくいけば、あなたがスノーボーダーだと奥様の御両親に告白するのも難しくなくなるはずです。』

驚いて、すぐに返事を送った。本当にそんなうまい方法があるのだろうかと尋ねる内容だった。

絶対に成功するとまではいえないが、そこそこ自信はある、という答えが返ってきた。スキーヤーとスノーボーダーが仲良くすることはスキー場の発展に繋《つな》がるので是非協力したいのだ、と添えてあった。

その後、メールで何度かやりとりした。根津は徹朗のスキーの技量などを尋ねてきた。だが計画の詳細は教えてくれなかった。たぶんそのほうがうまくいくと思ったのだろう。打ち合わせで決めたのは、スキー場で会った際、お互いに見知らぬ者同士のふりをする、ということだけだった。

つまり、根津が現れてからの一連の出来事は、すべて仕組まれたものだったのだ。あのパウダーエリアの上部で、突然バインディングが壊れたといいだしたのも、都合よく地元の若者たちが現れたのも、根津による計画の一部だったわけだ。

大したものだ、と月村は感心する。作戦は見事にツボに嵌《は》まった。実際、あれ以後徹朗はスノーボードの悪口を一切いわなくなった。

「ねえ、どのタイミングにする？」麻穂が悪戯《いたずら》っぽい目を向けてきた。

「何が？」

だからあ、と彼女は口を開いた。「春紀君がスノーボーダーだってことを告白するタイミング。あたしがスノーボードをしてるってことも打ち明けなきゃ」

「うーん、そうだなあ」月村は腕組みをした。

たしかに今夜なら、徹朗は驚きこそすれ、怒ったりはしないだろう。ぐうの音も出ないのではないか。

別れ際に根津が徹朗にいった言葉が思い出された。

「我々スキー場を運営する者にとって大事なのは、お客さんの気持ちを理解するということです。お客さんにはスキーヤーもいればスノーボーダーもいます。一方しか知らなければ、どうしても思いやりに欠けた部分が出てしまいます。両方を知ることは我々にとって、とても大切なんです」

その話を聞いていた徹朗は、まるで先生に叱《しか》られている生徒のようだった。ゴーグルでよく見えなかったが、横顔には敗北感に似たものが漂っていた。

「楽しみだなあ。お父さん、きっとヘコむよ。で、明日、あたしたちは存分にスノーボードを楽しめる。レンタルなのはちょっと残念だけど」

麻穂の言葉に、月村の胸に複雑な思いが広がった。彼女がいうように、二人の告白を聞けば徹朗はひどく落ち込むに違いない。

だがそれでいいのだろうか。そんなことをして、果たして自分たちは嬉《うれ》しいか。

麻穂ちゃん、と月村は唇を開いた。「やめておかないか」

「えっ、何を?」

「だから、告白するのをだよ。お父さんに、これ以上ショックを与えたくない。お父さん、きっともう十分にわかってるよ。スノーボードのことを見直してると思う。だったら、それでいいじゃないか」

「春紀君……でも、今夜いわないと、いいだしにくくなるよ」

「それでもいいよ。ていうか、この家族旅行では僕もスキーをするってことでいい。スノーボードは、御両親がいない時にいくらでも出来るじゃないか。根津さんの言葉で気づいた。どちらかしか知らないって、とても損なことだって。だから、がんばってスキーの練習をする。みんなと同じぐらいのレベルになるには時間がかかるかもしれないけどね。このスキー旅行を、また毎年の恒例にしようよ」

春紀君、といって麻穂が四つん這《ば》いで月村のところまで移動してきた。彼の目をじっと見つめた後、「大好き」と首に抱きついてきた。

月村は彼女の細い身体を抱きながら、再び晴れた夜空に目を向けた。今シーズンはパウダーとはお別れだ。そのかわりに圧雪されたバーンをスキーで滑走する自分の姿を想像し、それも悪くないじゃないか、と思った。

プロポーズ大作戦　リベンジ

1

ジョッキに入ったハイボールで乾杯した後、水城は向かい側の二人の女性を交互に眺め、ゆっくりと首を横に振った。

「いやあしかし、相変わらずだねえ。参りますよ、ほんとに君たちには。いやいやいや、大したもんです」

「また始まった」山本弥生が苦笑する。細面の美人だ。「水城さん、それぱっかり。会うたんびにいうんだもん」

「だって、会うたびにそう思うんだから仕方がないじゃん。すごいなあ、やっぱりプロは違うなあって。――なあ、そう思うよな」隣の日田に同意を求めた。

「えっ、何が？」

鈍感な日田は会話についてこれていない。水城は顔をしかめた。

「おまえ、人の話を聞いてないのか。お二人のメイク術のすごさについて、俺が感心しているところだろ。この四人で会う時の、定番のネタじゃないか。そろそろ覚えたらどうなんだ」

「定番なんだ」呆《あき》れたように呟《つぶや》いたのは、弥生の隣にいる火野桃実だ。目が大きく、唇がぽってりと厚い。肉感的という表現がぴったりだ。

「何事にもルーティンというのは大事だからね。イチローを見てみなよ。ゲームに出ない時でも、いつもと全く同じ準備運動をするらしいぞ」

「つまり水城さんが私たちのことを褒めるのはルーティンなわけね。心からそう思っているわけじゃなくて」

弥生の言葉に対し、ちっちっち、と水城は人差し指を振った。

「形だけの準備運動なんて意味ないでしょ。もちろん心の底から褒めさせていただいておりますよ。あなた方はプロです。プロの化粧師です。どこから見ても本物の美女としか思えません。恐れ入りました」深々と頭を下げる。

あはは、と弥生は手を叩《たた》いて笑う。「またそれだ。褒めてるのか貶《けな》してるのかわかんない、変なお世辞」

「だからお世辞じゃないって。わかってほしいなあ」

男性店員がやってきて、「豚キムチもんじゃでーす」といって具の入ったボウルを鉄板の脇に置いていった。

「日田君、よろしく」水城はいった。

「俺が焼くの？」

「当然だろ。だって、上手《うま》いじゃん」

「えっ、そうなんですか」桃実が日田の顔を見る。

「上手いってほどでもないけど」日田はボウルを引き寄せた。

「何しろ料飲部だもんな。しかも日本料理店」

「関係ないだろ。料理を作ってるわけじゃない」

日田はボウルの具を鉄板に移し始めた。しかしダシはこぼさないように気をつけている。

その手つきはなかなかのものだ。

水城と日田は都内のシティホテルに勤めるホテルマンだった。そして二人の女性はデパートの化粧品売り場で働いている。水城たちが彼女たちと出会ったのは今年の春だ。里沢温泉スキー場で開催された合同コンパ――通称ゲレコンに参加したのがきっかけだった。その際にカップルとして成立したわけではなかったが、彼女たちが日田の働く店に来る機会があり、それ以来、たまにこうして会っているのだった。

今日はお互いの職場に近い月島《つきしま》に来ている。月島といえばもんじゃだ。

日田は両手に二つのヘラを持ち、かんかんかんかん、と具を素早く細切れにしていく。すごーい、と女性陣が感心する声を上げた。

「お店の人みたーい」弥生が目を見張る。

「バイトしてたんですか」桃実が訊《き》いた。

「うん、まあ、昔ちょっとだけ」

照れたように答える日田に、ネタをばらしてどうすんだよ、と水城は苦々しく思う。こういう時には言葉を濁しておいたほうが、謎めいていていいのだ。まあ、大した謎ではないが。日田は細切れにした具で丸い土手を作っていく。その手際は玄人《くろうと》はだしだ。

「ところでさ、いよいよ十二月だけど、スノーボードの予定とか決まってるの？」水城は女性たちに尋ねた。

全然、と弥生が首を振った。

「周りにスノーボードをする人が少ないし、三十過ぎてから、すっかり誘われなくなっちゃった」ねえ、と桃実に同意を求める。

「水城さんたちは、もう予定が入ってるんですか」桃実が訊いてきた。

「俺たちもまだなんだ。でも行くつもりだよ。年末にどこかへ滑りに行こうって、日田と話してるんだ。でさ、君たちもどうかなと思って」

「えっ、そうなんですか」桃実は目を丸くし、自分の胸を押さえた。

「これまで一緒に滑ってた連中が立て続けに結婚しちゃってさあ、なかなか俺たちに付き合ってくれなくなったんだ。こっちも男二人だけじゃつまんないし、だったら例の美女二人を誘ってみようかってなったわけ。どうだろう？」ここでも美女という言葉を繰り出す。褒め言葉に金はかからない、というのは水城の信条である。

どうしよう、と桃実は弥生のほうを見た。

「桃ちゃんがいいなら、私は行きたいな」弥生がさらりと答えた。「年末、全然予定がないし」

「あたしもいいよ。スケジュールが合えば、だけど」

水城は、ぽんと手を叩いた。

「よし、決まった。お互いのスケジュールが固まったら計画を立てようよ。——それでいいな、日田」

「えっ？　ああ、いいよ。よーし、できたぞ。皆さん、食べてください」日田は、もんじゃを薄く伸ばしながらいった。

「何だよ、俺の話をちゃんと聞いてたのか。こんな美女たちとスノーボード旅行に行けるんだぞ。もっと感激したらどうなんだ」

「ああ、うん、聞いてるよ、もちろん。よかったんじゃないか」日田は今ひとつ煮えきらない。「みんな、早く食べてね。焼けすぎると、せっかくのもんじゃ焼きが台無しだから。焼きすぎはよくないよ」

「でもあたし、スノーボードに行くんなら、いろいろと買い換えないといけないかも」桃実がハガシを手に取った。ハガシというのは、もんじゃを食べるための小さなヘラのことだ。

「特にブーツ。前のシーズンから、何だかつま先が痛くなっちゃって」

「ああ、それはよくない」水城が相槌《あいづち》を打った。「ブーツが痛いのは最低。滑ること自体が嫌になっちゃうからね。だったら、日田に選んでもらったらいいよ。日田は神田《かんだ》のスポーツショップでバイトをしてたこともあるんだ。なあ？」

「ああ、だめだめ。ハガシはね、スプーンみたいにすくうんじゃなくて、こうやって使うのが正しいんだ」しかし水城の声は耳に入らないらしく、日田は真剣な顔で女性たちにハガシの使用方法をレクチャーし始めた。

だめだこりゃ、と水城は肩をすくめた。

もんじゃ屋を出た後、近くのバーで飲み直した。その店を出る頃には午後十一時を過ぎていたので、男性陣が女性たちをタクシーで送っていくことになった。水城は桃実を日田に任せ、弥生と一緒にタクシーに乗った。

「やれやれ、日田のやつ、相変わらず世話が焼けるよ。空気、読まないし」水城はため息混じりにいった。「いくらもんじゃ屋でバイトしてたからって、食べ方をあれこれいってどうすんだよ。二軒目のバーじゃ、わざわざ桃実ちゃんとカウンターで二人にしてやったのに、つまんないことばっか話してるんだもんなあ」

弥生は、うふふ、と笑った。「またアメフトの話をしてたね」

「クォーターバックがどうとかいってたな。学習しないやつだなあ。相手が興味を持ってるかどうかなんて、見ればわかるだろうが。よくあれでホテルマンが勤まるよなあ」

「それ、私も本当に不思議。接客業には一番向いてなさそうなのに」

「ところが会社での評価は低くないんだよ。むしろいいほうじゃないかな。あいつ、ホテルの制服を着ると、途端にびしっとするんだよなあ」

「そうそう。初めてホテルで会った時にはびっくりしちゃった。スキー場にいる時とは、まるで別人なんだもの。おかげで桃ちゃんの日田さんを見る目も、がらりと変わったわけだけど」

「惜しかったよな。その姿を先に見せておけば、ゲレコンの結果は違ってたかもしれない。といっても、無理な話か」

ゲレコンで、日田は桃実に告白したのだった。だが桃実の回答は、ごめんなさい、だった。たしかにあのイベントでの日田の野暮ぶりを振り返ると、断られるのも仕方ないかなと水城は思う。

「日田さんのほうはどうなの？　今でも桃ちゃんのこと、気になってるのかな」

「それは間違いない。今日の飲み会だって、二つ返事でオーケーしたんだぜ。ほかに何か予定が入ってたみたいだけど、こっちを優先したってことだ」

「それなのに二人きりのデートには誘わないんだね」

うーむ、と水城は唸《うな》った。

「何しろ、ゲレコンで一回断られてるからなあ」

「ゲレコンなんて遊びみたいなもんじゃない。気にしなくていいのに」

「いやいや、それがそう簡単な話じゃないんだ。ここ数年、日田のやつは失恋続きでさあ、しかもかなり強烈なフラれ方もしていて、トラウマになってるんだ。おかげですっかり自信をなくしちゃって、桃実ちゃんをデートに誘うなんて、とんでもなくハードルが高いんだと思うよ。だから桃実ちゃんのほうから日田を誘ってくれたら話が早いわけだけど、それは期待できないんだろ?」

今度は弥生が、うーん、と唸った。

「ホテルでの再会をきっかけに桃ちゃんが日田さんのことを見直したのは確実だと思う。ふだんの顔と職場の顔にギャップがあるっていうのは、わりと魅力的だしね。さっきのアメフトの話にだって、桃ちゃん、一応楽しそうに受け答えしてたもん。でも彼女にもいろいろとあるからねえ。ちょっと前に男性関係で痛い目に遭ったみたいだし、慎重になるなってほうが無理かも」

「そうなると、やっぱり俺たちが一肌脱ぐしかないか」

「だと思うよ。あのままだと、どちらからも動かない」

「となると、勝負はやっぱり今度のスノーボード旅行だな。桃実ちゃん、わりと乗り気みたいだったし」

「乗り気だと思うよ。もしそうでないなら、はっきりと断ると思う。ああいう時、何となく話を合わせたりしない人だから」

「じゃあ、予定通りに進めるとするか。まずは作戦会議しなきゃな」

「そうだね」

ゲレコン後に東京で再会したのをきっかけに、四人でしばしば会うようになったわけだが、いいだすのは必ず水城か弥生だった。じつは二人で相談し、日田と桃実の仲を取り持とうということになったのだ。今夜、水城が彼女たちをスノーボード旅行に誘うことも、弥生には事前に話してあった。

タクシーが弥生のマンションに近づいてきた。水城は何度か送ったことがあるのでわかっている。

さてと、と水城は弥生の耳元に口を近づけた。「話の方向がさだまったところで、これから弥生ちゃんの部屋で作戦会議をするってのはどう?」

えー、と弥生が彼の顔を見返してきた。「またそれ？　マジでいってんの?」

「いつもと同様、半分はマジ」水城はいった。「で、半分はダメ元」

「何それ」

「だめかなあ。何なら、本当に作戦会議をするだけでもいいんだけど」

「やっぱり作戦会議だけのつもりじゃなかったんだ」

「だって、どうせ話し合うにしても、楽しいことをやりながらのほうがいいでしょ？　少なくとも俺はそう」

「だーめ」

「だめかあ」水城は大げさに顔をしかめた。「じゃあ、今日のところは引き下がるよ」

「いっておくけど、この先も、ずーっとだめだからね」

「そんな夢のないことを。未来は変えられるはずだろ。――ああ、運転手さん、このあたりで止めてください。一人降ります」

タクシーが止まり、後部ドアが開いた。

「お疲れ様。おやすみなさい」水城は右手を差し出した。「今夜も握手だけで我慢しておくよ」

弥生は呆れたような顔をしながらも口元を緩め、握手に応じてくれた。「おやすみなさい。御馳走様《ごちそうさま》でした」

「俺は、あきらめないからね」小声でいってから水城は彼女の手を離した。

タクシーが走りだしてから、今の弥生とのやりとりを反芻《はんすう》した。また一歩前に進んだのではないか、という手応えを感じていた。

今夜の飲み会は、日田と桃実のためにセッティングしたものではある。しかしじつは水城にも下心があった。相手は無論、山本弥生だ。何とか彼女をものにできないかと目論《もくろ》んでいる。

ただし、そう簡単にうまくいくとも思っていない。何しろ、水城に本命の彼女がいることも、水城がその彼女と別れる意思がないことも、弥生は知っているからだ。ほかでもない、水城自身が彼女にそう教えたのだ。その上で口説いている。つまり、俺の浮気相手になってほしい、という極めて虫のいいお願いをしているわけだ。ふつうなら激怒されるだろう。

しかし弥生はそうはしない。それはつまり脈があるからだ、と水城は踏んでいた。もしかすると割り切った関係も悪くないと思っているのではないか、弥生にも本命の彼氏がいるが少々マンネリ気味になっており、たまにはアバンチュールを楽しみたいとか考えているかもしれない、などと期待していた。

スノーボード旅行が楽しみだな、と水城がほくそ笑んだ時、上着のポケットでスマートフォンが震えた。

本命の彼女——木元秋菜からメールが届いていた。年末の予定を教えてほしい、という内容だった。

2

いつもの定食屋に行くと、すでに日田の姿があった。壁際に設置されたテレビが一番よく見える席に陣取り、奴豆腐《やっこどうふ》と枝豆を肴《さかな》にビールを飲んでいる。

ようっと小さく手を上げてから水城は向かい側の椅子を引いた。すぐにおばさんがやってきて、水城の前に新しいグラスを置いた。水城はビールの追加と鶏の唐揚げ、刺身の盛り合わせを注文した。

「里沢温泉、積雪が一メートルになったらしい」日田がグラスにビールを注《つ》いでくれた。「それは素晴らしい」泡が溢《あふ》れそうなグラスを持ち上げて乾杯した。「いよいよシーズン突入か。おまえ、休暇は取れたんだろうな」

「何とか取れたよ。水城は？」

「俺も大丈夫だ」

弥生や桃実たちとのスノーボード旅行の計画は、かなり具体化している。行き先はゲレンデが実施された里沢温泉スキー場と決まっている。ところが彼女たちから出された希望日は、水城も日田も仕事が休みではなかったので、有給休暇を取る必要があったのだ。

「木元には何ていったんだ？」日田が訊いてきた。木元秋菜も同じホテルの同僚で、水城の彼女だということを彼も知っている。「俺と二人でスノーボードに行くっていったのか」

水城は首を振った。

「あいつは勘がいいから、そんなことをいったら絶対に女連れだと見抜く。法事があるから実家に帰るんだといっておいた。幸い、怪しんでいる様子はない」

「じゃあ俺も、木元には隠しておかなきゃいけないわけか」

「当たり前だ。そこのところはよろしく頼む。ところでおまえ、桃実ちゃんのブーツを選んでやったのか」水城は訊いた。

「ブーツ？　何の話？」

日田の反応に、水城は椅子からずり落ちる格好をした。

「おまえさあ、あの時の話を覚えてないのか。ブーツを履いたら足が痛くなるって桃実ちゃんがいってたじゃないか。だから買い換えたいって」

ああ、と日田は曖昧に頷《うなず》く。「そういえば、そんなことをいってたかな」

「いってたかな、じゃないだろ。日田、おまえ、何考えてんの？　こういう時に点数を稼がないでどうすんだよ」

「そんなことといっても、ブーツを選んでやったぐらいのことで点数を稼げるとは思えないし」日田はのんびりとした様子で奴豆腐を箸でつまみ、口に運んだ。「そもそも、桃実ちゃんには一度断られてるからなあ」

「ゲレコンで、だろ？」水城はいった。「あんなのは遊びだって弥生さんもいってたぞ。おまえのことが嫌いなら、飲み会に誘っても来ないよ」

「いやあ、やっぱりゲレコンでの回答には本音が含まれてたと思うよ。飲み会に来てくれるのは、食事代はいつもこっちが払うから、断るほどではないってところじゃないの？」

日田のあまりに消極的な発言に、水城はいらいらした。

「そこから進展させようって気はないのかよ。おまえさあ、桃実ちゃんのことが好きなんだろ？　それとも、もう好きじゃないのか？　どうなんだ」

「そりゃあ、好きだよ。でなきゃ、ゲレコンで告白したりしない。ああ、あの時は恥ずかしかったなあ」日田は遠くを見る目をした。

「何、しみじみと思い出に浸ってるんだ。しかも苦い思い出に。そんなことをしてる場合じゃないぞ。何とかしたらどうなんだ」

「何とかって？」

「告白だよ、告白」おばさんが唐揚げを運んできたので、それを素手で摑《つか》み、日田のほうに突きだした。「プロポーズしろ」

「ええー、また？　もういいよ」日田はうんざりした様子で唐揚げを箸でつまみ、そのままかぶりついた。「もう懲りた」

「一回や二回の失敗でへこたれてどうするんだ。そんなことといってると、おまえ一生結婚できないぞ。大丈夫、桃実ちゃんはおまえに気がある。今、告白したら、絶対にうまくいくって」

日田は、しげしげと水城の顔を見つめてきた。「そんな無責任なこと、よくいえるな」

「無責任どころか、責任を持って、おまえの恋愛を成就させてやるといってるんだ。舞台はもちろん里沢温泉スキー場、おまえが桃実ちゃんと出会った場所だ」

日田は眉《まゆ》を八の字にし、口をへの字に曲げた。「悪夢の思い出がある場所だ」

「だからリベンジだ。あのスキー場を、今度こそ素晴らしい思い出の地にする」

「どうやって?」

「まあ、任せろ。作戦は俺が練ってやる」

「俺は里沢温泉のパウダーを気持ちよく滑れたら、それだけで満足なんだけどなあ」枝豆を口に放り込み、日田は気の乗らない声でいった。

3

里沢温泉スキー場に到着した朝は、見事な晴天だった。タクシーから降りてスキー場を見上げれば、眩《まぶ》しさに目が痛くなるほどだった。

「おお、ゲレコン以来だから九か月ぶりか。帰ってきたぞ、約束の地に」除雪された道を歩きながら水城は高らかにいった。今夜の宿は里沢温泉村で最も豪華なホテルだ。

「こんな早い時期にゲレンデに来るのなんて久しぶり。がんばろうね、桃ちゃん」

「うん、がんばる」

女性陣二人も張り切っている。

「昨夜は雪、降ったのかなあ。車の屋根に積もっている雪を見るかぎりだと、二、三十センチは降った感じなんだけどなあ」日田が周囲をきょろきょろと見回しながらいった。

今回おまえが気にするべきことは、そんなことじゃないだろうが、と水城はぼやきたくなるのを堪《こら》えた。

ホテルに着くと水城はフロントに行った。彼の名前で予約してあるからだが、ほかにも理由はある。

「お待たせしました、水城様。本日より御一泊、スイートルームとツインルームの御利用で間違いないでしょうか」女性従業員が確認してきた。

間違いないです、と答えながら水城は背後を気にする。スイートルーム、という言葉が桃実の耳に届いたのではないかと心配になったのだ。しかし幸いにも桃実はほかの二人と談笑中だった。

手続きを終えた後、「荷物が届いているはずですが」と水城は女性従業員に訊いた。

「はい、届いております。今、お持ちいたしましょうか」

「いえ、後で取りに来ますから、それまでこちらで預かっておいてもらえますか」

「かしこまりました」

水城は三人のところへ戻った。

「アーリー・チェックインを希望してたんだけど、ひと部屋しかだめだった。もう一つの部屋は三時以降なら入れるそうだ。この部屋、君たちが使ってよ」水城は二枚のカードキーを女性陣に差し出した。「俺たちは更衣室で着替えて、荷物はコインロッカーに預けておくから。――それでいいよな」日田にも同意を求める。いいよ、と日田は頷いた。

「そんなの悪いよ」弥生が手を振りながらいった。「旅行の手配とか全部やってもらってるし、申し訳ないから。私たちが更衣室で着替える。問題ないよね、桃ちゃん」

うんうん、と桃実は首を縦に振った。「そうしてください」

「そう？　いやあ、何だか気が引けちゃうなあ。あっ、じゃあ一緒に着替えようか。この部屋で」

あはは、と弥生が笑った。「そんなことできるわけないでしょ。馬鹿なこといってないで、さっさと部屋に行きなよ。私たちも着替えるから」

「オーケー、じゃあ、三十分後にここに集合」

水城の言葉を合図に、男性陣と女性陣は二手に分かれた。

水城と日田が入った部屋は、もちろんスイートルームではなくツインルームのほうだった。ベッドが二つ並んでいて、窓際にテーブルと椅子が並んでいるというオーソドックスなタイプだ。

「ここまでは計画通りだ」スノーボードウェアに着替えながら水城はいった。「弥生さん、うまくやってくれた。ああそれから、例の品物は間違いなく届いていて、フロントで預かってもらっている。後はおまえの腕次第。しっかりやれよ」

「そんな作戦で、ほんとにうまくいくのかなあ」日田はプロテクター付きのインナー姿で腕組みをした。

「大丈夫だって。俺と弥生さんとで練り上げた計画なんだ。うまくいかないわけがない」

「そうかなあ」

「自信を持て。俺は断言する。明日の朝、おまえは最高に美味《うま》いモーニングコーヒーを、スイートルームで飲んでいるはずだ。しかも新たな恋人とな」

そして俺は新たな浮気相手とモーニングコーヒーを味わっているはずだ、と水城は心の中で呟いた。

4

里沢温泉スキー場の雪は、相変わらず最高だった。極上のパウダースノーを楽しんでいると、ついつい本来の目的を忘れてしまいそうになる。それでも午後になると、水城は頻繁に時計を見て、時刻を確認した。

「改めて思うけど、やっぱりこのスキー場は広いよなあ」四人でクワッドリフトに乗っている時、水城はいった。「ちょっと油断すると、はぐれそうになる」

「そう思うんなら、もう少しゆっくり滑ってよね。こっちはついていくのが精一杯で、周りを見てる余裕すらないんだから」弥生がぼやいた。

「あたしもそうです。二人は速すぎます」

「それは日田のせい。おまえさあ、飛ばしすぎなんだよ。レディたちにペースを合わせてやれよ」

「ごめん。初滑りだから夢中になっちゃってさ」

「私と桃ちゃん、ケータイを持ってきてないの。だからはぐれた時のことを考えておいたほうがいいと思うんだけど。待ち合わせ場所を決めておくとか」弥生が提案した。

「それがいいな。ゴンドラの山頂駅のところにあるコーヒーショップ、あそこはどう？」

水城の意見に、了解、と皆が賛同した。

「でもあの店、何時ぐらいまでやってるのかな」弥生が疑問を口にした。

「たしか三時ぐらいまでじゃなかったかな」日田が答えた。

「じゃあ、それ以降に、もしはぐれちゃったらどうするの？」

「そうなったらもう、ホテルに帰ったほうがいいかもしれないな」水城がいった。「で、一足先に部屋で休んでるってことでいいんじゃないの」

「でも私たち、部屋の鍵を持ってないよ」

「それは大丈夫。フロントで水城といえば、もう一つの部屋の鍵を渡してくれると思うから。三時以降なら、部屋に入れるって話だっただろ」

「そうだった。それなら安心だね、桃ちゃん」

「よかった。でも、はぐれないのが一番だよね」

桃実の言葉に、そりゃあそうだ、とほかの三人が笑った。

うまくいっている、と水城は満足だった。今の会話も、じつは今回の計画の伏線になっているのだ。準備は着々と整いつつある。後は最後の仕上げをするのみだ。

その後も四人で楽しく滑った。幸い、誰もはぐれることはなかった。そして午後三時を少し過ぎた頃――。

「ねえ、そろそろじゃないの?」弥生が切りだした。水城は彼女と二人でペアリフトに乗っていた。

「俺もそう思っていたところなんだ。三時を過ぎたしな」

「どのあたりでやる?」

「この斜面を降りて、少しいったところに林道への分かれ道がある。まず、そこに入っていく。曲がりくねってるから、前を滑ってる者の姿が見えないことが多い。それを利用しよう。隙《すき》を見て、脇の林の中に隠れるんだ。で、桃実ちゃんが通り過ぎるのを待つ」

「前を滑っていた人間が急にいなくなったら、桃ちゃんは自分が道を間違えたと思うだろうね。どこかに分岐があって、それを見逃したんだろうって」

「そう。で、俺たちのことを探すだろう。でも、もうこの時間だ。たぶん早々に諦めてホテルに戻る。そしてフロントで俺の名前を出して、カードキーを受け取る」

「部屋に入ってみて、びっくり。何と、そこは豪華なスイートルーム」

「しかも先客がいる。先回りしていた日田だ。スノーボードウェアから、あいつが一番よく似合うホテルの制服に着替えている。そして物腰よく、お帰りなさいませ、と頭を下げる。さらにこう続ける。君がどんなに疲れていても、僕が必ず癒やしてあげる――。その手には例の品が抱えられている」

「くうう、キザー」弥生は空中で、ばたばたと足を動かした。「そんなことされたら、女はコロリといくよ。相手のことを憎からず思っていたなら確実に」

「問題は時間だな。日田は先にホテルに戻り、スイートルームの鍵と例の品を受け取り、まずは自分たちの部屋に行く。そして急いで制服に着替え、スイートルームで桃実ちゃんを待つ。最低でも十分は必要だ」

「間に合うかなあ」

「いけるだろう、日田なら。何しろスピード狂だ」

「そうだよね。わあ、いよいよかあ。楽しみー」

「スキー場の高級ホテルのスイートで、新しい恋人と一夜を過ごすのか。うーん、自分たちで仕掛けたこととはいえ、日田が羨《うらや》ましい。それに対してこちらは、男と女が同じ部屋に泊まるというというのに、つれない仕打ちが待っているのだろうか」

「それについては何度もいうけど、私のベッドに入ってきた時点で一発レッドカードの退場だから。覚えといてね」

「そっちのベッドに入ったらアウトなんでしょ。でも君が俺のベッドに入ってくる分には問題ないわけだ」

「そんなことはあり得ない」

「わかんないよ。俺、一晩中説得するつもりだから。こっちに来ませんか、こっちの水は甘いよって」

「何それ。私はホタルか。説得なんかされるわけないでしょ」

「でも俺としては、あの手この手で粘ろうと思ってるわけ。いいじゃん、無視してりゃ」

「もちろん、そうさせてもらう。私、疲れてすぐに寝ると思うし。いっておくけど、うるさいのは反則だからね。その場合もレッドカード」

「わかった。ほかの作戦も考えておくよ」

　軽口で受け答えしながらも、水城は手応えも感じていた。たとえベッドが別々でも、同じ部屋になったならこっちのものだ。いくらでも攻め手はあると思っていた。いざとなれば土下座という手がある。あれは成功率が極めて高い必殺技なのだ。

リフトを降り、バインディングを装着していたら、日田と桃実も後からやってきた。

「おーい、日田。ここを降りたら林道に入っていくぞー」水城は声をかけた。これが仕掛けの合図だった。

わかった、と答えるように日田が片手を上げた。ゴーグルとフェイスマスクで顔は見えないが、全身に緊張の気配が漂っている。

全員がバインディングを装着したのを確認し、日田がスタートした。姿勢は低く、ラインは攻撃的だ。明らかに、いつも以上に気合いが入っている。

「あいつ、飛ばしすぎるなっていってるのになあ」そういいながら水城も滑り始める。途中でちらりと振り返り、弥生、桃実の順で追ってきているのを確認した。

前方の日田が林道に入っていくのが見えた。水城もついていく。林道の斜度が緩いことはわかっているので、極力スピードを落とさないように気をつけた。

しばらく進むと脇に林が現れた。水城は背後を振り返った。弥生がすぐ後ろにいたが、桃実の姿は見えない。絶好のチャンスだ。

弥生に向かって手を振った後、水城はそばの林に飛び込んだ。雪が踏み固められていないので、身体《からだ》が沈んだ。

直後に弥生も林に入ってきた。楽しそうに、くすくす笑っている。二人で木の陰に隠れ、様子を窺《うかが》った。

間もなく赤いウェアを着た桃実の姿が現れた。水城たちには全く気づかない様子で、真《ま》っ直《す》ぐに前だけを見て通り過ぎていった。

よし、と水城は拳《こぶし》を固めた。「うまくいった」

「後は日田さん次第だね」

「そういうことだ」

林道に戻り、再び滑りだした。ただし、あまりスピードは出さない。桃実に追いついてしまったら、元も子もないからだ。

しばらく滑っていくと前が開け、奇麗に圧雪された広い斜面が現れた。カービングターンをしたら気持ちがよさそうだ。

だがそう思った直後、水城はブレーキをかけていた。前方に赤いウェアが見えたからだ。もしかするとあれは桃実ではないか。斜面で座り込んでいる。

しかもそばに、もう一人いた。グレーのウェアを着た人物だ。

弥生がそばに来て止まった。「あれ、桃実じゃない?」

「たぶんそうだ。で、一緒にいるのは……日田じゃないか」

「そうだと思う」

「何だよ。どういうことだ」わけがわからなかったが、水城は滑りだした。

近くに行ってみると、やはり桃実と日田だった。深刻そうな雰囲気が、すぐに伝わってきた。日田はボードを外し、体育座りの姿勢を取っている。

桃実ちゃん、と呼びかけた。

「あっ、水城さん。よかった。二人とはぐれたと思って、困ってたところだったんです」

「どうした？」

「それが……日田さんが怪我《けが》をしちゃったみたいなんです」

「えーっ」水城は日田のそばに寄った。「一体、どうしたっていうんだ」

転んだ、と日田は弱々しく答えた。「アイスバーンでエッジが抜けて……」

「どこをやった。足か？」

「背中……かな」

「動けそうか」

日田は小さく首を捻《ひね》った。かなり辛《つら》そうだ。

水城さん、と後ろから弥生が声をかけてきた。「私、パトロールの人を呼んでくる」

「ああ、悪いけど頼むよ」

水城は弥生が滑り降りるのを見送ってから、日田に視線を戻した。日田は黙り込んでいる。

話す気力もないのかもしれない。

「飛ばしすぎたのか？」

「……ちょっとね」

水城は、がっくりと項垂《うなだ》れたいところだったが、桃実の手前、我慢した。それにしてもよりによって、なんでこのタイミングでこんなことになるのか。

計画はおじゃんだな、と思った。スイートルームも無駄になった。それどころか、今回の旅行自体、これで打ち切りにしなければならないかもしれない。

しばらくするとファンファンファンファンとサイレンの音が聞こえてきた。一台のスノーモービルが、彼等に向かって勢いよく走ってくるところだった。

5

幸い、日田の怪我はさほどの重傷ではないようだった。救護室に運び込まれて程なく、彼はベッドから起き上がり、少し歩くこともできるようになった。しかしかなり痛そうではある。

「病院で診てもらったほうがいいと思います」スノーモービルを運転してきた、長身のパトロール隊員がいった。「近くにありますから、僕が車で乗せていってあげますよ」

「そうですか。そうしていただけると助かります」日田は恐縮した表情で頭を下げた途端、顔を歪《ゆが》めた。「痛《い》てて」

パトロール隊員に支えられるようにして車に向かった日田を見送り、水城はため息をついた。

「参ったなあ。これからどうする？　もう少し滑るか？」

「まずは、お茶にしようよ」

弥生の提案に、賛成、と桃実もいった。その表情は暗い。日田のことが心配なのだろう。

ファミリーゲレンデを眺められるレストランに入った。水城と弥生は生ビールと枝豆を、桃実はアイスティーを注文した。

「それにしてもついてないやつだなあ。こんな時に怪我してどうすんだよ」桃実がいるのでプロポーズのことを話してはいけないと思いつつ、水城はぼやかずにはいられなかった。

「せっかくいい雪なのにねえ。かわいそう」しかし桃実は水城の言葉を別の意味に解釈したらしく、眉をひそめて呟いた。

水城のスマートフォンにメールの着信があった。日田からだった。『たった今、診察と治療が終わりました。肋骨一本折れてました。このままホテルに帰ります。さっきの部屋で寝ています。例の計画は中止ということでよろしく。』と書いてあった。

計画は中止——まあ、そうだろうなと思った。プロポーズどころではない。

骨折のことを二人にいうと、どちらも顔をしかめた。

「折れてたの？　わあ、大変」弥生は大きく口を開けた。

「痛そうでしたもんねえ」桃実は沈んだ声を出す。

水城は時計を見た。午後四時をとうに過ぎている。外が少し暗くなってきているように感じた。雪山の昼は短いのだ。

「俺たちも引き揚げようか」

水城の意見に女性二人も頷いた。

ホテルに戻ってスノーボードをスキーロッカーに入れると、部屋の鍵を受け取りに弥生はフロントに向かった。桃実は、コインロッカーに預けてある彼女と弥生の荷物を取ってくるといった。彼女たちを待つ間、水城はスマートフォンで日田に電話をかけた。

はい、と元気のない声が聞こえた。

「大丈夫か」

「ぼちぼち」

「今、何をしてる?」

「部屋で寝てる」

「動けるのか」

「何とか。でも辛い」

「食事には出かけられそうか」

「無理。コンビニで何か買ってきてもらえたらありがたい」

「わかった。とりあえず、今からそっちに行く」

水城が電話を終えた時、ちょうど弥生が戻ってきた。桃実も二人分の荷物をカートに載せて現れた。

「じゃあとりあえず、それぞれの部屋に入るとするか」水城は彼女たちにいった。

あのう、と桃実が遠慮がちに口を開いた。「水城さんたちの部屋の鍵、あたしに貸していただけませんか」

「えっ、どうして？」

すると桃実は気まずそうに俯《うつむ》いた後、意を決したかのように顔を上げた。

「彼……日田さん、今夜はとても大変だと思うんです。たぶん御飯だってまともに食べられないだろうし。だから、誰かがずっとそばについていたほうがいいと思うんです。それで、あの……」

わかった、と弥生がいった。「桃ちゃんがついていてあげたいわけね？」

こくり、と桃実は頷いた。

弥生は、ふっと唇を緩めて水城を見た。「そういうことらしいから、水城さん、鍵を渡してあげたら？」

意外な展開だ。だが、もちろん悪くない話だった。水城はポケットからカードキーを出し、桃実に渡した。「日田のことをよろしく」

「我《わ》が儘《まま》いってごめんなさい」桃実は謝った。

「桃ちゃん、早く行ってあげて。私は水城さんと相談したいことがあるから」

「うん、わかった」桃実はカートから自分の荷物を取り上げた。「じゃあ、後ほど」

「後で俺の荷物を取りに行くから」

はい、と返事して桃実は足早にエレベータホールに向かった。

彼女の後ろ姿を見送りながら、水城はふっと笑った。「まさに怪我の功名だな」

「案ずるより産むが易《やす》し、とかね」そういってから弥生は、ぽんと手を叩いた。「大事なものを忘れてた」

彼女がフロントに向かうのを見て、水城も思い出した。そうだ、あれがあった——。

弥生が戻ってきた。苦笑を浮かべている。彼女が手にしているのを見て、水城も同じような顔をするしかなかった。

真っ赤な薔薇《ばら》の花束だった。日田のために用意したものだ。プロポーズの際、彼はこれを桃実に差し出すことになっていた。

「そいつの出番もなくなっちゃったな」

「せっかくだから、スイートルームに飾る?」

「それがいい。グッドアイデアだ。新婚さんの気分が味わえるかもしれない」

「うふふ、そうかもね」

弥生の反応に水城の心は浮き立つ。思いがけず二人でスイートルームに泊まることになったことに、彼女は抵抗を感じていない様子だ。

何という幸運。何というタナボタ。水城は日田に申し訳ないと思いつつ、友人のアクシデントに感謝したい気分だった。スイートルームには大きなベッドが一つあるだけだということは確認済みだ。同じベッドに入れば、弥生だって大人の女、そう強くは拒まないのではないか、と期待した。

エレベータホールに行き、水城はボタンを押した。部屋に入ったら、軽いジョークを交えながら弥生の目を見つめ、ごく自然に抱きしめてからキスをしよう——頭の中で手順を考える。

エレベータが到着し、扉が開いた。だがなぜか弥生は乗ろうとしない。

「どうしたの？」

水城が訊くと、弥生は悪戯《いたずら》っぽく笑った。

「ゲームはここまで。部屋に行く前にお話ししておきたいことがございます」

6

チャイムの音が鳴った。はい、と答えて日田がドアを開けると、弥生がにっこりと笑って立っていた。

「首尾は？」日田が訊いた。

弥生は指でOKサインを作った。「ばっちり」

おーっ、と背後で男女の声が上がった。拍手の音も聞こえる。

弥生を招き入れ、日田はドアを閉めた。

「お疲れ様」ベッドに座っている桃実が弥生にいった。

「桃ちゃんこそ、大変だったじゃない。ずっとお芝居を続けて」弥生は桃実から日田に視線を移した。「日田さんも」

「いや、これは俺がいいだしたことだから」

「あたしは楽しかった。水城さん、全然気がついてないみたいで面白かったあ」桃実が笑顔でいった。

「日田さんの怪我の演技もなかなかのものだった。本当に怪我してんじゃないかと思ったぐらい」

弥生の言葉に、いやあ、と日田は照れる。

「スノーボードで怪我をしたやつは何人も見てるからね。それに根津さんだっけ、パトロールの人が協力してくれてよかった」

「うん、あの人の演技も大したものだった」

日田は窓際の椅子に座っている二人の男女を見た。

「根津さんを紹介してくれたことも含めて、月村たちにも面倒かけたな」

「とんでもない」男のほうが顔の前で手を横に振った。日田たちが勤務しているホテルの後輩の月村春紀だ。「日田さんの頼みだし、何より水城さんたちには幸せになってほしいですからね」

そうそう、と頷くのは月村の妻で、やはり職場の後輩である麻穂だ。「でも大丈夫かな。水城さん、うまくやれるかな」

「あの男なら大丈夫だよ」弥生がいった。「何しろ百戦錬磨だから。私の種明かしを聞いて、かなりびっくりしてたけど、最後は覚悟を決めた顔になってた」

「弥生さん、本当にありがとう」日田は改めて礼をいい、頭を下げた。「弥生さんの協力がなかったら、今回みたいなことは絶対にできなかった」

弥生は手を横に振った。

「やめてよ、そういうのは。私はね、水城さんみたいな男は嫌いじゃないけど、ああいう男の彼女には同情しちゃうんだよね。だから日田さんから相談された時、すぐに協力すると決めたわけ」

「おかげで今夜、一人の女性が幸せを摑むんですよね」麻穂が夢見るような顔で両手を胸の前で組んだ。「ロマンチック……」

皆の充実した顔を見て、日田は満足だった。水城にはずっと世話になっている。その感謝の気持ちが、今回の企《たくら》みだった。

それに――。

誰にだって年貢の納め時というものがある。粉雪が舞い始めたのを窓越しに眺めながら、日田は胸の中で、幸せになれよ、と親友に語りかけていた。

7

深呼吸を一つしてからチャイムを鳴らした。胸の鼓動が速まっている。落ち着け、と水城は自分にいい聞かせた。こんな局面で狼狽《うろた》えてどうする――。

かちゃり、と音がしてドアが開いた。姿を見せた相手は、彼を見上げて大きく目を見開いた。「えー、どうして?」

やあ、と水城は笑いかけた。頰《ほお》が少し強張《こわば》っているのが自分でもわかる。

ピンクのセーターを着た木元秋菜は、目を何度も瞬かせた。

「なんで、なんで? なんで水城君がここにいるの? どういうこと?」早口で尋ねながらも嬉《うれ》しそうに表情を緩ませている。

「まあ、いろいろと事情があってさ。とりあえず中に入れてもらえるかな」

「あ……いいけど。えー、なんで? わかんなーい。どうして、どうして?」

秋菜が後ろに下がったので、水城は部屋に入った。広いリビングがあり、ソファとテーブルが並んでいる。隣には寝室があるのだろう。日田と桃実のために用意した部屋のはずだった。

「月村たちに連れてこられたんだろ?」

「そうなの。今日は麻穂ちゃんとエステに行く約束をしていたんだけど、今朝になって連絡があって、里沢温泉のホテルに無料で泊まれるから一緒に行こうって誘われて……。しかも何かの手違いがあったらしく、あたしだけこんな広い部屋で。あたしは麻穂ちゃんたちが使えばいいといったんだけど、もう荷物を運んじゃったからこのままでいいとかいわれて……。そんなことより、教えてよ。どうして水城君がいるの? どういうことなの? わけがわかんない」

「いやあ、その、つまり、これは俺が月村たちに頼んで仕組んだことなんだ。秋菜をこのホテルに連れてきてくれと」

「どうして?」

「それはまあ、もちろん、サプライズのためだ」

「サプライズ?」秋菜は首を傾《かし》げた。

水城は腹をくくった。もう観念するしかない。本当のことなど話せるわけがないのだ。

彼は背後に隠し持っていたものを、さっと秋菜の前に差し出した。

もちろん例の赤い薔薇の花束だ。

秋菜は戸惑いの色を浮かべつつ顔を輝かせ、薔薇と水城を交互に見た。

「えっ、何これ？　何のつもり？」その声には明らかに期待が込められていた。

この局面でこんなものを出す以上、口にできる台詞《せりふ》は一つしかなかった。

「秋菜、長い間待たせて悪かった」

「えっ？」

「結婚しよう。幸せにするよ」

いいながら、水城の胸には悔しい思いが広がった。どうせプロポーズするのなら、もっとじっくりと考え、言葉を選び抜きたかった。一世一代の場面で自分がこんなありきたりの言葉を並べることになるとは思いもしなかった。

だがそんな言葉でも、秋菜の心を打つことには成功したようだった。彼女の目の縁がみるみる赤くなっていくのがわかった。そして間もなく、充血した目から涙がこぼれ始めた。彼女は両手で口元を覆った。声を出せない様子だった。

秋菜、と水城は呼びかけた。「オーケーしてくれるよな」

返事はなかった、そのかわりに彼女は水城に抱きついてきた。その身体は細かく震えている。彼は片手に花束を持ったまま、両腕を背中に回した。

くっそー、やられちまったなあ――水城の頭に日田の顔が浮かんだ。天下のプレイボーイであるこの俺が、よりによってあんなやつにしてやられるとは。

だがそのおかげで、今、深い幸福感に浸れているのは事実だった。自分が長年求めていたものをようやく見つけたような気分でもあった。悔しいが、今度日田にはシャンパンでも奢《おご》ってやろう、と水城は思った。

ゴンドラ　リプレイ

Love♡Gondola

by Keigo Higashino

1

ずらりと並んだ口紅を眺め、桃実はため息をついた。

一口に赤い口紅といっても様々だ。深紅の薔薇《ばら》のような赤もあれば、ピンクといえなくもない赤もある。朱色に近いけれど、何色かと問われれば、やはり赤としかいえないような微妙な色だってある。どの色が似合うかは、その人の個性次第だ。自分に合う色を見つけるのは難しい。合っていると思い込んでいるのは自分だけで、傍《はた》からは全く似合っていないと思われていたりする。

ましてやその口紅が、角度によってまるで違う色に見えたりするような代物だった場合には、どうすればいいのか。

「何、ぼんやりしてんのよ」

横から声をかけられ、桃実は我に返った。同僚の山本弥生が、眉《まゆ》をひそめて立っている。その手には箱が抱えられていた。

「あと十分で開店よ。ただでさえ新年早々に人員が削減されて大変なんだから、てきぱき動かないと間に合わないよ」

「あ、ごめん。ちょっと考え事をしちゃって」桃実は口紅を並べる作業を再開した。彼女たちの職場はデパートの化粧品売り場だ。

弥生が桃実のほうに顔を寄せてきた。

「考え事って何？　もしかして、スノーボード旅行のこと？」声をひそめて訊いた。

「うん、まあ、そんなとこ……」

「まだ迷ってんの？　好きだねえ、悩むのが」弥生は箱をショーウィンドウの上に置き、呆《あき》れたように頭を振った。

「別に好きなわけじゃないよ」

「行きたいなら行けばいいし、嫌なら断る。それだけのことだと思うけど」

「行きたいのは行きたいんだよね。楽しそうなメンバーだし」

「だったら行けば？」

うーん、と桃実は唸《うな》ってしまう。弥生は焦《じ》れたように箱を叩《たた》いた。

「やっぱり日田さんのことが気になるわけ？」

桃実は親友の顔を見返し、黙ってこくりと頷《うなず》いた。

弥生が肩をすくめた。「まあ、気にするなってほうが無理だろうけどね」

「あとの四人がカップル二組なんだもん。しかも一組は夫婦で、もう一組も結婚間近。狙いは見え見えだからなあ」

「桃ちゃんと日田さんをくっつけようとしてるわけでしょ？　それ、そんなに悪い話かな。だって桃ちゃん、日田さんのこと嫌いじゃないでしょ。ていうか、どっちかというと好きなんじゃないの。ホテルで再会した時に桃ちゃんの目がハートになってたこと、今でも覚えてるよ」

「あの時はそうだったけど……」

「みんなで水城さんを騙《だま》した時も、日田さんのことを感心してたじゃない。友達思いで、とってもいい人だって」

「それは本当にそう思ってる」

「私、あのまま桃ちゃんは本当に日田さんと付き合うのかなって思ってたんだけど、そうはならなかったんだね」

「だって、何もいわれてないもん。デートにだって誘われないし」

「そこんとこ、日田さんもだめなんだよねえ。水城さんによると、ゲレコンで桃ちゃんに一回断られてるから、見込みがないと諦めてるみたい。でも今でも桃ちゃんのことが好きなのは確実らしいよ」

「そうなのかなあ」桃実は首を傾《かし》げる。

「桃ちゃんとしてはどうなのよ。日田さんと結ばれたいわけ？　それとも、そんなことにはなりたくないわけ？」弥生が口調に苛立《いらだ》ちを含ませた。

「……わかんない」

「はあ？　何、それ？」

「だって、本当にわかんないんだもん。あたし、日田さんのことがまだよくわかってないのかも」

やれやれ、とばかりに弥生は両手を広げた。「だったら、彼のことをもっとよく知るために、旅行に参加してみれば？　で、嫌だと思ったら、今後はもう会わない。それでいいんじゃないの？」

「嫌だとは……思わないような気がする」

「じゃあ、付き合えばいい」

「でも、そこまでの気持ちにはなれなかったら？　その時にはどうしたらいい？」

「知らないよ。勝手にしなさい」弥生は箱を抱え、歩きだしたところで足を止めた。「でも、これだけはいっておく。男とくっつけようなんて友達が世話を焼いてくれるのは、今のうちだけだよ。自分の年齢を考えなさい。あと一、二年もしたら、気を遣って誰もそんなことはしてくれなくなるから」

再び歩きだした弥生の後ろ姿を見送りながら、そうだよなあ、チャンスなんてそうそうないよなあ、と桃実は思った。

2

「そしたらさあ、ウンチが緑色なんだよ。どう見ても緑色。モスグリーンでも、緑がかった茶色でもない。鮮やかな緑。で、これはやばい、変な病気だと思ったわけ。だけどトイレットペーパーを見て、いくら何でもおかしいんじゃないかと思い直したんだ。人体で作り出したにしては、色が奇麗すぎるからさ。まるで絵の具だ。それで、はっとした。前の晩に酒を飲みながら、絵の具で遊んでたことを思い出したんだ。姉貴夫婦も正月で帰省してて、幼稚園に通う姪《めい》もいたわけよ。絵の具は、その姪のものだ。もしかして、酔った勢いで絵の具を食っちまったのかもしれないと焦った。というのは、酒の肴《さかな》が足りないなあと思ってた記憶がおぼろげにあるんだ」

水城の話に、聞いている者たちは一斉に驚いた。

「えー、絵の具を?」水城の職場での後輩である月村が、目を丸くして訊《き》いた。「それでどうしたんですか」

「あわてて姉貴に確認してみた。緑色の絵の具が減ってないかって。そうしたら、特に変わったことはないっていうんだ。じゃあ気のせいかと思ったんだけど、その次に姉貴がいった台詞《せりふ》にぶったまげた。緑色の絵の具に異状はないけど、青色と黄色の絵の具がなくなってるってていうんだ」

一拍置いてから、ほかの五人は笑いだした。

「何ですか、それは。つまり青色と黄色の絵の具を食べて、おなかの中で混ぜて緑色にしたってわけですか」月村が確認した。

「どうも、そういうことらしい。あの時はびっくりした」

「絵の具なんて食べて大丈夫なんですかあ」月村の妻である麻穂が、甘えたような口調で訊いた。

「俺も心配になったから調べた。そしたら子供用の絵の具は、万一のことを考えて、大丈夫なように作ってあるらしい」

「どんな味がするんです？　おいしいんですか」

月村の質問に、「覚えてない。たぶんおいしくないと思う」と水城は平然と答える。

「気をつけてよね。酔ったら何するかわかりゃしないんだから」木元秋菜が笑いながらも眉をひそめた。まだ水城とは結婚前だが、すでに世話女房の口調になっている。

「あ、ほんとだ」桃実の向かい側の席にいる日田が、スマートフォンを操作しながらいった。「本格的な油絵の具なんかは有毒だけど、子供用のアクリル絵の具は、間違って口に入れても平気なように作られてるらしいね」

だからそれについてはたった今水城さんが解説したじゃないか、と桃実はイライラした。もっと気の利いたコメントを発したらどうなのか。わざわざスマートフォンで検索して、人の意見を繰り返すだけというのは、あまりに芸がなさすぎる。案の定、ほかの者たちもリアクションのとりようがなく、ふうーんやっぱりそうなんだ、という曖昧《あいまい》な声が漏れただけだった。

六人は新幹線の車中にいた。三人掛けのシートを向かい合わせにして座っている。東京を出たのは一時間前で、目的地は里沢温泉スキー場。いろいろな意味で桃実にも思い出深い場所だった。

水城からスノーボード旅行に誘われたのは十日前だ。顔ぶれを聞き、複雑な気持ちになった。月村夫妻と水城と秋菜、そして日田だという。

面識は全員とあった。正月明け早々に水城が婚約披露パーティなるものを都内の居酒屋で催し、そこに桃実も呼ばれたのだ。桃実は、「ゲレコンで日田にごめんなさいをした女性」と水城から紹介された。もっとも月村夫妻とは、水城を騙した時に顔を合わせているのだが、そのことは秋菜には内緒だった。

桃実が旅行に誘われた理由は明らかだ。日田と結びつけようという魂胆だろう。

散々迷った挙げ句、参加することにしたのは、これをきっかけに自分の気持ちを確かめられるかもしれないと思ったからだ。弥生に指摘されたように、桃実は日田のことが嫌いでははない。ホテルで働く姿を目にした時には、本当に素敵だと思った。だからその後、水城や弥生を含めた四人で飲みに行くようになったし、水城を騙すという目的があったとはいえ、スノーボード旅行にだって出かけた。

しかし、である。

ホテルで働いている時以外の日田には、今一つときめかないのだった。むしろ落胆させられることが多い。たとえばトーク。水城のように話題豊富でなくても構わないのだが、だったら聞き役に徹してくれればいいのにと思ってしまう。日田は自分の熟知する世界の話になると、相手が興味を持っていようがいまいがお構いなしに、延々としゃべり続ける癖があるのだ。さりげなく話題を変えようとしても全く効果がないから、逃れるためには口実を作って席を立つしかない。

空気を読むのも下手だ。水城たちの婚約披露パーティの途中、隣の麻穂からカードとサインペンをこっそり渡された。カードを見ると皆のコメントが書かれている。桃実はぴんときた。水城たちにプレゼントして驚かせようということなのだ。そこで桃実が水城たちに気づかれないようテーブルの下でコメントを書いていると、「えっ、何、それ？　何を書いてるの？」と日田が彼女の手元を覗《のぞ》き込んできたのだ。明らかにそれで水城に気づかれてしまった。もちろん水城は日田と違って空気が読めるから、気づかないふりをしてくれたけれど。

ファッションも相変わらずダサい。紫色が自分に似合っていると本気で思っているのだろうか、と今日の彼のシャツを見て、首を捻《ひね》りたくなる。

とはいえ、いいところもある。

暴走キャラではあるが、逆にいうとエネルギッシュなのだ。ホテルマンという職業柄か、人に尽くすことを厭《いと》わない。空気を読めないのは鈍感だからだが、それだけに気持ちの切り替えも早い。かなり強烈な失恋を何度も体験しているらしいが、それでも立ち直れるのは精神力が強いからだろう。

誰にだってプラス要素とマイナス要素がある。重要なことは、差し引きでどうかだ。それを桃実は、この旅行で見極めたいと思ったのだった。

3

里沢温泉スキー場のコンディションは上々だった。ゴンドラに乗り、さらにリフトを乗り継いで山頂まで上り、たっぷりのパウダースノーを存分に楽しむことになった。特にツリーランは最高だ。桃実もスノーボードはわりと得意だが、ほかの五人の腕前もなかなかのものだった。多少、木が密集しているところでも、スピードを落とすことなく滑り抜けていく。桃実はついていくのがやっとだった。

「いやー、気持ちいいねえ。こんな最高のコンディションに恵まれるとは思わなかった。まるで天国。これだからスノーボードはやめられないんだよねえ」クワッドリフトの上で、秋菜はしみじみといった。

「あたし、先週は家族とスキー旅行だったんですけど、その時のコンディションもよかったですよ」秋菜を挟んで桃実と反対側にいる麻穂が応じた。

「そういえば麻穂ちゃんのうちはスキー一家らしいね。それで月村君もスキーに挑戦してるんでしょ？　偉いなあ。よくできた婿さんだ。水城君だったら、絶対にそんなことしてくれないと思う」

「そうかなあ。水城さん、案外そういうところはきちんとしそうな気がしますけど。だって人の機嫌を取るの、上手《うま》いじゃないですか。秋菜さんの御両親も、水城さんのことは気に入られたんでしょう？」

「そりゃ、御機嫌取りは上手いよ。何しろ、口から先に生まれたような男だからね。目的を果たすためなら、心にもないことでも平気でいえちゃうわけ。だから信用はできないよ。あたし、結婚しても、あの男のことは信用しないつもりなんだ」

秋菜の言葉に、なるほどなあ、大したものだなあ、と桃実は感心した。秋菜の指摘は当たっていると思う。水城が油断ならない男だという点には全く同感だった。秋菜にプロポーズした一件だって、元々は水城の弥生への浮気心が発端だったのだ。

そしてそういうことをわかった上で結婚しようというのだから、秋菜の覚悟も相当なものだ。いや、それほどに水城のことが好きなのだろう。

あーあ、と秋菜が声を漏らした。「水城君に、日田君の誠実さのせめて半分でもあればなあ。そうしたら、文句なしなのに」

「日田さん、真面目ですものねえ」

「ていうか、不器用なんだよね。うまく立ち回るってことができないんだよ。だから傍から見てて、ちょっとイライラしちゃう。——桃実ちゃんも、そう思うでしょ？」

不意に秋菜が振ってきたので、桃実はどぎまぎした。

「えっ？　まあ……そうかなあ」

「鈍臭《どんくさ》いんだよねえ。彼の友達として謝るよ。ほんとに申し訳ない。そりゃあね、ゲレコンであんな不器用男にいい寄られても、ごめんなさいっていうしかないと思う。どうせ、空気を読まないことをいっぱいしただろうし。あたしらも、もうちょっとどうにかしたらどうなのって思うんだけど、どうにもなんなくて」

「とってもいい人なんですけどねえ」麻穂もフォローする。

「そうそう。いい奴だっていうことは保証する。不器用ってのも、悪いことばかりじゃないよ。嘘《うそ》をつかないし、手を抜かないし、面倒なことから逃げようともしないし。だから職場での評価もすっごく高いんだ。ただ私生活になると、そのへんをうまくアピールできないんだなあ。それもまた不器用なせいってことになっちゃうんだけど」秋菜は嘆息した。

彼女たちの狙いは明らかだった。日田の長所を列挙して、桃実の心を動かそうとしているのだ。

「日田さん、いい人ですよね」桃実はいった。「そのことはよくわかっています」

「そう？　そりゃそうだよね。何度も会ってれば」

「お友達にも恵まれていると思います。そんなふうに褒めてもらえて」

「ああ……別に売り込んでるわけじゃないんだけどさ」秋菜の口調が少しトーンダウンした。

自分たちの狙いがばれていることは、彼女にしてもわかっているのだろう。

しかしこのリフト上での会話は無駄ではない、と桃実は思った。日田の友人たちが、男女を問わず、彼を好きだということは確信できたからだ。

リフトを降りると水城たち男性陣が待っていた。

「そろそろ昼飯にしないか」水城がいった。「日向《ひなた》ゲレンデの食堂で集合だ。ルートは各自自由ってことでどうだ？　ビリになった者がビールを奢《おご》る。女子には一分のハンディをあげよう」

えー、と秋菜が不満の声を上げた。「女相手に、たったの一分？　みみっちいことといわないでよ」

「ぶっ飛びスノーボーダーのくせに、よくいうよ。よしわかった。ハンディは三分だ。気合いを入れて、がんばろうぜ」

水城の声に皆が応える。桃実も雪の上に腰を下ろし、バインディングを装着し始めた。隣ではすでに装着を終えた日田が、ゲレンデマップを睨《にら》んでいる。

「日田さん、どのコースを滑るんですか」とりあえず訊いてみた。

「せっかくだから、気持ちのいい場所を選ぼうと思ってる。とっておきのルートがあるんだ」

「へえ、楽しそう」

そんなことを話していると、水城がいきなりスタートした。

「あっ、ずるーい」すぐに秋菜も彼の跡を追っていく。

よし、と声を上げ、月村も滑り始めた。ただし水城たちとは違うコースを行くつもりらしい。もちろん、その後を麻穂が続く。ルートは各自自由と水城はいったが、結局のところ、カップルは一緒に滑るのだ。

桃実がぼんやりと彼等を見送っていたら、何もいわずに日田がスタートを切った。いきなり気合いの籠《こ》もった低い姿勢を取っている。

「あっ、ちょっと待って……」そんな急に滑りださないでよと思いながら、桃実はついていった。

相変わらず、というよりいつも以上の猛スピードで日田は滑走していく。みるみるうちに小さくなっていく彼の姿を目で追いながら、一体何を考えているんだろうと桃実は腹立たしくなった。

どんな場合でも、何事においても手抜きはせずに一所懸命に臨む、というのはいい。仲間うちの勝負事に、そんなにムキになってどうするんだよ、と醒《さ》めた態度をとるような人間は、桃実はあまり好きではない。真剣勝負、大いに結構。しかしそれもケースバイケースではないか。あまりにすごいスピードで滑ったら、桃実が見失ってしまうとは考えないのか。ビールを奢るのが、そんなに嫌か。

と思っていたら——。

やっぱり見失った。

先程まで辛うじて確認できていた日田の姿が、どこにもなかった。それどころか、ここがどこなのかもわからなかった。前後左右を見回すが、スキーヤーもスノーボーダーもいない。どうやら余程の穴場に来てしまったようだ。

どうしようと思っていたら、一人のスキーヤーがやってきた。すみませーん、と桃実は手を振りながら声をかけた。

男性スキーヤーが、すぐそばで止まってくれた。

「日向ゲレンデに行くには、どこを通ればいいですか」

「日向ゲレンデ？　ああ、それならそこを行けばいいよ」スキーヤーが指した場所を見て、桃実はぎょっとした。たしかに何本かトラックは入っているが、正規のコースからは外れているようにしか見えなかったからだ。

「ここって、正式なコースなんですか」

「そうだよ。未圧雪だから、気をつけてね」軽い口調でいい、スキーヤーは滑り去った。

桃実は斜面に近づき、おそるおそる下を覗き込んだ。

見事なパウダーゾーンが広がっていた。ただし、かなりの急斜面だ。胸に不安が広がった。じつは桃実は深雪の急斜面は苦手だった。

だが皆のところへ行くには、ここを滑り降りるしかなかった。たぶん日田は、ここを降りたのだろう。今頃は、桃実がついてきていないことに気づき、途中で待っているかもしれない。びびっている場合ではない。

覚悟を決め、えいっとばかりに滑り始めた。

一気にすごいスピードが出た。身体《からだ》が遅れそうになる。これはまずいと思い、ほんの少しだけ重心を前足に乗せた。その瞬間、ボードの先端がずぶりと雪に埋まった。

やばいと思った時には遅かった。身体が一回転し、顔から雪に突っ込んでいた。

4

ウェアのポケットに入れたスマートフォンが鳴ったのは、桃実がバインディングを装着している時だった。雪に埋まった状態から立て直すためには、一旦《いったん》スノーボードを外すしかなかったのだ。たったそれだけのことに、呆れるほどに時間がかかった。もがけばもがくほど雪に埋まっていき、さらに身動きがとれなくなるという有様だった。体力はすっかり消耗し、汗びっしょりだ。当然、途中からゴーグルは外した。レンズが曇るからだ。

電話をかけてきたのは日田だった。「もしもし桃実ちゃん？」

「桃実です。ごめんなさい。お待たせしちゃって」

「大丈夫？　今、どこにいるの？」

「よくわかんないですけど、未圧雪の急斜面です。日田さんの後を追おうとして、そこで埋もれちゃって……」

「えっ、俺の後についてきてたの？」日田が意外そうにいった。

「そうですよ。知らなかったんですか」

「全然気づかなかった。へええ、そうだったんだ」

なぜ気づかないのか、と桃実は苛立った。スタートする前の会話の流れからして、そうするに決まっているではないか。

「日田さんは、今、どこにいるんですか」

「俺？　俺は今、食堂だよ。野沢菜担々麺《タンタンメン》を食べてる」

スマートフォンを耳に押し当てたまま、桃実はがっくりと項垂《うなだ》れる。彼女がついてきていると思っていないのだから、当然、途中で待つという発想もないわけだ。

「皆さんには、心配いらないと伝えてください。あたしはゆっくり降りていきます。ああそれから、ビール代はちゃんと払います」

「うん、わかった。ビール代は、とりあえず俺が立て替えといたから」

「それはどうもありがとうございます。では後ほど」そういい放ち、日田の返事を聞かずに電話を切った。

スマートフォンをポケットにしまいながら、あの人とは付き合えないかも、と思った。いや、日田にしてもそれでいいと思っているのかもしれない。

多少、桃実に好意は抱いているにせよ、その思いはさほど強くないのではないか。もし本気で好きならば、常に彼女の姿を目で追い、はぐれたりしないよう気をつけるのではないか。

そんなことを考えながら滑り、ようやく日向ゲレンデに到着した。ボードを外し、とぼとぼと食堂に向かって歩きだした。ウェアの下は汗だくで、精も根も尽き果てていた。

桃実ちゃん、と前から声が聞こえた。顔を上げると食堂の前で日田が笑いながら立っていた。「お疲れ様」

桃実は答える気力もなく、ボードをスタンドに立てかけた。

「ほかの連中は、たった今、滑りに行っちゃったよ」日田がそばに寄ってきた。

「そうですか……待たせてごめんなさい」

おそらく水城たちは、日田と桃実を二人きりにさせてやろうと気を利かせたのだろう。

「一体、どこでトラブってたの？」日田が訊いた。

「だから未圧雪の斜面です。林道の脇から入って……」

ああっ、と日田は手を叩いた。

「あそこを行ったのかあ。なるほどっ」

「あそこじゃなかったんですか」

「違うよ。あそこでもいいけど、その少し先を左に行けば、もっと楽に降りられるコースがあったんだ。そうかあ。あそこで埋もれてたのかあ。はははは。それは大変かもなあ。はははは」

能天気に笑う日田の顔を見ていると、途端に怒りがこみ上げてきた。桃実はしゃがみこんで足元の雪を摑《つか》むと、彼の顔に投げつけた。

「わっ、何だよ」

「笑いごとじゃないでしょっ」桃実は怒鳴った。「あたしがどれだけ心細かったと思うんですか。あんな雪の中で動けなくなって……。そもそも、どうして先に行っちゃうのよっ」

「いや、だから、桃実ちゃんがついてきてるとは思わなくて」日田は目を白黒させ、しどろもどろになった。

「ついていくに決まってるでしょっ。なんで、その程度のことがわかんないのよお」怒っているうちに、今度は悲しくなってきた。桃実は再びしゃがみこんだ。だが今度は泣くためだった。グローブで顔を覆い、くすんくすんと泣き始めた。ゴーグルを外しているので、濡《ぬ》れたグローブが顔に冷たい。

「だったら」日田がぼつりといった。「そういってくれたらよかったのに」

えっ、と桃実は顔を上げた。目の前で日田が正座していた。

「ついていくっていってくれたらよかったのに」彼は繰り返した。

「いわなきゃわかんないの？　何もいわなくても秋菜さんは水城さんの後を、麻穂ちゃんは月村君の後をついていったじゃないですか」

「それはだって、彼等はカップルだもん。でも俺と桃実ちゃんは違うだろ？　もしかしたら桃実ちゃんは、俺とは全然違うところを滑りたいかもしれない。それぞれが好きなルートを好きなように滑る——本来スノーボードって、そういうものだろ？」

「道案内が必要な者だっているんですよ。そんな人のためにリードするっていう発想はないんですか？」

もしないのならアウトだ、と桃実は思った。この程度のことで協調できないなら、到底人生の伴侶《はんりょ》になどできない。

「ないことはないけど……どちらかというと苦手かな」

苦手なのかやっぱり、と桃実は落胆する。

「滑りに夢中になって、後ろのことを気にする余裕がなくなっちゃうことがよくあるんだよね。それに後ろの人の技量がわからないから、どんなコースを、どの程度のスピードで滑ったらいいいか、迷っちゃうんだ」

「そうなんだ」

彼の話を聞き、腑《ふ》に落ちた。

スノーボードにかぎらず、日田という人物は、きっとすべてにおいてそうなのだろうと桃実は思った。振り返ると、ずっとそうだったような気がする。

この人についていくのはやめたほうがいいのかな――桃実の心に諦めが芽生えかけた。

もし、と日田がいった。

「もし一緒に滑るのなら、桃実ちゃんに先に行ってもらって、それを俺が追うというほうがいいかも」

「……あたしが先に滑るわけ？」

「そう」

「でもそれだと、日田さんは物足りないかもしれませんよ。スピードだって出せないし」

「そんなのは、いくらでもやりようがあるよ」日田は笑いながら立ち上がり、右手を差し出してきた。「次はそうしよう」

桃実は頷き、彼の手を摑んで立った。

食堂に入ったが、食欲などまるでなく、桃実はアイスクリームを注文した。日田はコーヒーを飲んでいる。彼は例によってプロテクター付きのインナーを着ていたが、その上に重ね着している赤のTシャツを見て、桃実は密《ひそ》かにため息を漏らした。胸に白い字で、闘志、と大書してある。

「どうかした？」桃実の視線に気づいたらしく、日田が訊いてきた。

「いえ……そのTシャツ、お気に入りなんですか」

「えっ、これ？　全然。何かの景品で貰《もら》ったから着てるだけ」

景品――せっかくの旅行に、なぜそんなものを持ってくるのか。

「あたし、日田さんにはもっと似合う服がいろいろとあると思うんですけど。普段着にしても」思いきって、はっきりといってみた。

「ああ、それかあ」日田は照れたように頭に手をやった。「よくいわれるんだよねえ、洋服のセンスがないって。でもどんな服を着たらいいのか、さっぱりわかんなくてさ」

それを聞き、桃実の頭に、ふっと思いついたことがあった。

「もしよかったら、あたしが選びましょうか」

「えっ、桃実ちゃんが選んでくれるの？」

「思いきり、あたしの好みで選んじゃいますけど」

「それでいいよ。助かる。よし、じゃあ今度買い物に行く時、連絡するよ」

わかりましたと答えつつ、桃実の頭の中では早くもファッションショーが始まっていた。モデルはもちろん日田だ。彼に様々な洋服を着せる様子を想像し、わくわくした。いわば生きた着せ替え人形だ。ホテルマンの制服が似合うように、日田は基本的にスタイルは悪くない。着せ替え甲斐《がい》があるといえた。

そして桃実は、一つのヒントを摑んだような気がしていた。

5

夢中で滑っていたら、変なところに出てしまった。ふかふかのパウダー斜面だと思ったのに、雪の下には硬いコブが潜んでいたのだ。案の定、弾《はじ》き飛ばされ、桃実は転倒した。あわてて上体を起こし、きょろきょろする。

「大丈夫?」頭の上から声が聞こえた。

すぐそばに日田が来ていた。右手を差し出してくる。

「あ、大丈夫です」桃実はその手に摑まり、立ち上がった。「ありがとう」

「案外、下が硬いから気をつけて。見た目に惑わされないで、足の裏で斜面の感覚を確かめながら滑るといいよ」

はい、と答えて桃実は滑り始めた。足の裏で斜面の感覚を確かめる——ずいぶんと難しい要求だ。そんなことをおいそれとできるわけもなく、少し滑ったところでまたしても転んでしまった。

「大丈夫？」だが今回も、すぐに声がかかった。日田の右手が伸びてくる。

大丈夫です、と立ち上がり、また滑りだす。いつもよりも積極的になっていることが自分でもわかる。

食堂で少し休憩をとった後、二人で滑り始めた。日田の提案を受け、桃実が前を滑ることにしたのだが、見事に図に当たった。はぐれる心配など一切なかった。桃実が止まったり転んだりした時には、必ずすぐそばに日田がいるからだ。とはいえ彼は、桃実の後にぴったりとくっついて滑っているわけではない。たまに後ろを振り返ると、壁を上ったり、端のパウダーを食ったりと、彼なりにいろいろと寄り道をして楽しんでいるのだ。それでも決して桃実から目を離していないのだろう。

日田が必ず後ろにいるとわかっているから、桃実としては安心してどんな斜面へでも入っていけた。苦手な深雪だって怖くない。埋まったところで、日田が助けてくれるからだ。彼のことをこんなにも頼もしく感じたのは、出会って以来初めてだった。

「日田さん、あたしの後ろを滑ってて退屈じゃないですか」リフトに乗っている時、桃実は尋ねてみた。

「えっ、どうして？　俺は楽しいよ。桃実ちゃんの滑りをじっくり見られるし」

「でも、行きたいところに行けなくてもどかしいってことはないですか」

「そんなこと全然ないよ。どこを滑ったって楽しいもん。桃実ちゃんがどこをどんなふうに滑りたいかを考える必要がなくて、ただついていくだけだから気楽だし」

「それならいいんですけど」

「うん、気にしなくていいよ」

日田の言葉から嘘の気配は感じられなかった。元より、心にもないことを口にする人間でないことはよくわかっている。

桃実は食堂にいる時に摑んだヒントのことを考えていた。そこで次のように訊いた。

「話は変わるんですけど、日田さんって、神社仏閣とかに興味あります？」

「えっ？　じんじゃぶっかく？」日田は意表を突かれた声を出した。

「やっぱり興味はないですか」

「いやあ、どうかなあ。考えたこともない。でも、どうして？」

「じつはあたし、神社仏閣マニアなんです」

「えっ、そうなの？」

「お寺とか神社を見て回るのが好きで、お休みの日なんか、一人でふらりと出かけるってこと、よくあるんです」

「へえー、そうなんだ。初めて聞いた」

「マニアックな趣味だから、あまり人にはいわないんです。根暗みたいに思われそうで」

「そうかな。悪くない趣味だと思うけど」

「だったら日田さん、一緒に行ってくれます？」

「えっ、どこに？」

「今度の休みに鎌倉に行こうと思ってるんです。久しぶりに大仏が見たくなって。でも一人じゃ寂しいから、一緒に行ってくれる人がいるといいなと思って」

日田が桃実のほうに身体を捻ってきた。

「俺でよかったら、もちろん行くよ。今度の休みっていつ？」

「来週の月曜日です」

「月曜っ。ちょうどいい。その日、俺も休みを取ってあるんだ。行こう、行こう」日田は声を弾ませた。

「じゃあ、決めていいですね。鎌倉は午前中がお勧めだから、朝早くに東京を出発しましょう」

桃実の言葉に、日田の身体が硬直したのがわかった。「朝早く？」

はい、と桃実は答えた。ここが見極めどころだった。

「やっぱり嫌ですか。朝っぱらから辛気臭《しんきくさ》い神社仏閣巡りなんて」

少しの間沈黙した後、いや、と日田は口を動かした。

「そんなことないよ。行く。その日の朝はちょっとした予定があったんだけど、何とかする」

「本当ですか。わあ、よかった」

「でも俺、神社とかお寺について、殆《ほとん》ど何も知らないんだ。それでも楽しめるかな」

「大丈夫です。ただ、予備知識があれば、もっと楽しめると思います。話が盛り上がるだろうし」

「そうだよね。予備知識って、どうすれば手に入るかな」

「何冊か本があるので、それを読めばいいですよ。後で教えます」

「わかった。じゃあ、月曜日までに読破しておくよ」日田は気合いの籠もった口調で断言した。

やはり思った通りだ――桃実は頷きながら確信を得ていた。

日田という男は、女性をリードするタイプではないのだ。むしろリードしてやったほうが持ち味を発揮するタイプだ。ファッションにしても趣味にしても、こちらから指示すれば従ってくれる。極端な言い方をすれば、自分好みに改造しやすい男なのだ。

元々桃実は、男性にリードされるのがあまり好きではなかった。どちらかというと自分は好きなように行動し、男性にはそれに付き合ってほしいと願っている。しかしそれではモテないと思い、ずっと我慢してきたのだ。日田ならば、そんな不満は抱かなくても済むかもしれない。

この男を、これからどのように造りかえていこうか。想像は際限なく広がる。

月曜日が楽しみだと思った。日田はきっと、桃実が勧めた本をきっちりと読んでくるだろう。何しろ彼にとっては重大な一日を犠牲にするのだから。

来週の月曜日――その日の朝、日田が大好きなアメリカンフットボール界最大のイベント、スーパーボウルが全世界に中継されるのだった。

6

ゴンドラ乗り場まで滑り降りていくと、水城たちの姿があった。先程、電話で連絡を取り、待ち合わせたのだ。彼等も桃実たちに気づいたらしく、手を振っている。

「お疲れさまー」水城が声をかけてきた。「どうだった?」

「すっごく楽しかったです」桃実は答えてから、ねっ、と日田に同意を求めた。

日田は、うんうんと首を縦に振る。「最高だった」

「何それ、何だかいい感じみたいだけど、どうしちゃったわけ?」秋菜の口元がにやにやしている。

「まあ、いいじゃねえか。詳しいことはゴンドラの中で聞こうぜ」

水城がボードを抱えて歩きだしたので、桃実たちも後に続いた。

乗り場は少し混んでいた。だがこのゴンドラは最大で十二名が乗車できるので、どんどん列が進んでいく。やがて桃実たちの番が回ってきた。六人全員が乗り込んだ後から、カップルと思《おぼ》しき男女二人組が乗ってきた。混んでいるのだから、この程度の相乗りは当たり前だ。

「わりとたくさん滑ったよね。結構疲れた」

そういって秋菜がゴーグルを外した時だった。向かい側にいたカップルの女性のほうが、あーっ、と叫んだ。「木元さんっ」

「えっ、誰?」秋菜が驚いた声で訊く。桃実も相手の女性を見た。

「あたしです。あたし」女性がゴーグルとフェイスマスクを外した。

その瞬間、桃実は口から心臓が飛び出しそうになった。相手は、とてつもなくよく知っている人物だった。

何人かが声を上げた。

「橋本さんっ」真っ先に名前を呼んだのは麻穂だ。

そう、相手の女性は橋本美雪だった。桃実にとっては因縁の人物だ。

「あっ、その声は……」

「月村麻穂です。お久しぶりー」

「やっぱり麻穂ちゃん。わあ、懐かしい。ということは、隣にいるのは」

「月村です。どうも」

きゃあ、と相手の女性は胸の前で手を合わせた。

「こんなことってあるんだ。すっごい偶然」

「あのー、覚えているかどうかはわかんないんだけど」水城が徐《おもむろ》にゴーグルを額まで上げた。

「水城です」

「あっ、宴会部の？」

「そうそう。覚えてくれてたとは光栄だなあ」

「覚えてますよう」そういいながら美雪は視線を横にずらした。そこに座っているのは日田だ。

日田は、ぺこりと頭を下げた。「お久しぶり。日田です」

「あ、どうも……」美雪の表情が硬くなるのを桃実は見逃さなかった。なぜ日田に対してだけ、そんな態度を示したのか。

美雪は桃実にもちらりと視線を向けてきたが、すぐに秋菜たちのほうを向いた。この女は知人ではなさそうだと判断したのだろう。桃実はゴーグルもフェイスマスクも外していないから、顔が完全に隠されている。

「橋本さん、結婚したんですよね」秋菜が訊いた。

「そうです。去年の春に」

「ということは、こちらが……」秋菜は美雪の横にいる長身の男性を見た。

「旦那です」美雪は嬉《うれ》しそうに答えた。

どうも、と男はひょいと頭を下げた。そのしぐさ、その声に、桃実は覚えがあった。

広太だ。二年ほど前に付き合いかけたことがある。二人で、ここ里沢温泉スキー場にも来た。そしてゴンドラに乗った——。

「ということは、あの時に急に現れたという男性ですか」月村が訊いた。「僕たちが橋本さんを誘って、このスキー場に来たことがあったじゃないですか。その時、橋本さんは、急遽《きゅうきょ》僕たちとは別行動を取りたいといいだして。聞いてみたら、元彼がプロポーズしに駆けつけてきたって話でした」

「そうです。あの時の馬鹿男が、横にいる旦那です。——御挨拶したら？」

美雪に促され、広太がゴーグルとビーニーを外した。

「その節は御迷惑をお掛けしました」深々と頭を下げた。

彼等のやりとりを聞きながら、桃実は合点していた。美雪がスキー場で広太から突然のプロポーズを受けた時のことは聞いている。職場の同僚と一緒だったといっていたが、まさか秋菜たちだったとは。

桃実は広太の顔を見つめた。久しぶりに見ると、やはりいい男だった。そんなふうに思ってしまうことが情けなく、悔しかった。そして広太の髪は伸びている。スキー場に駆けつけた際には坊主頭だったと美雪はいっていたが、一年近く経《た》てば、髪なんてすぐに生えるのだ。

桃実は息を潜めていることにした。誰も自分に話しかけてこないことを祈った。名前を呼びかけられるなんて論外だ。前回のゴンドラでの悪夢が蘇《よみがえ》る。こんなところで美雪と広太と対面したら、降りるまで地獄の気まずさを味わわねばならない。

「お幸せそうで何よりです」不意に日田がいった。彼の口調も少し硬い。

「ありがとうございます」美雪が応じる。この二人の会話には、他人行儀というのとは少し違う、不自然な遠慮のようなものがあった。

そう思った時、唐突に桃実の頭に閃《ひらめ》いたことがあった。

水城を騙して秋菜にプロポーズさせるための作戦を練っていた時、日田がぽつりと漏らしたのだ。かつて、ある女性にプロポーズするつもりでスキー場で待ち伏せしていたら、とんでもない展開でほかの男性に横取りされた、と。

もしかすると相手の女性とは美雪ではないか。そして横取りしたのは広太。

そうに違いない。そう考えると、すべての辻褄《つじつま》が合う。

つまり——。

今後桃実が日田と付き合うと、またしても美雪の後追いになってしまうわけだ。

ますます正体を明かせなくなった、と桃実は思った。美雪から広太との結婚を報告された時、やっぱり少しプライドが傷ついたのだ。上から目線を感じたし、同情されているような気もした。

それなのに今度もまた、美雪が振った相手だ。それがばれたら、美雪からどんなふうに思われるかわかったものではない。表面上では祝福しつつ、内心では、自分が振った男と付き合っている、と馬鹿にするのではないか。

日田にしても、桃実が美雪の亭主に二股をかけられていたと知ったら、心穏やかではいられないだろう。何かにつけ、引っ掛かるに違いない。

ところで、と水城がいった。「どうして別れてたの?」

えっ、と美雪が首を傾げる。

「お二人は別れてたわけでしょ? ところが御主人が突然スキー場に現れて、やり直したいといってプロポーズした。ということは、それまでは別れてたってことじゃないの?」

「ああ、はい。そうです。別れてました」

「だから、それはどうしてかなと思って。喧嘩《けんか》でもしたの?」

「えぇー、そのことですかあ」美雪は困ったように苦笑し、隣の広太と顔を見合わせた。

「いやあ、じつは」広太が頭を掻《か》いた。「浮気がばれまして」

わはははは、と水城が陽気に笑った。「それはまずいっすねえ。何をやらかしたわけ?」

「それがねえ、まさにこのゴンドラでの出来事だったんです」

げっ、まさかあの話を始める気か——桃実は全身に鳥肌が立った。

「えっ、ゴンドラで？　どういうこと？」水城が食いついた。

「ほんとにもう信じられない話なんですけど、僕がその浮気相手の女の子と乗ってたら、相乗りしていた女性グループの一人がゴーグルを外したんです。そうしたら何と、同棲《どうせい》中の美雪だったんです」

えーっ、と桃実以外の何人かが一斉に声を上げた。

「それでそれで？　どうしたんですか？」秋菜が嬉しそうに訊く。当事者でなければ、こんなに面白そうな話はそうはないだろう。

「僕のほうはゴーグルとフェイスマスクをしていたから、美雪のほうは気づいていない様子でした。それはもう生きた心地がしませんでした。どうかゴンドラが着くまでばれないでくれと祈りました」

わお、と麻穂が両手で頬《ほお》を覆った。「スリル満点っ」

「それでそれで？」秋菜がさらに前のめりになる。

「そこからが大変でした。一緒にいる彼女はそんなこと知らないわけで、あれこれと話しかけてきます。でもこっちは美雪に声を聞かれちゃまずいから、極力短い返事で済ませなきゃいけません。全くもう苦労の連続でした」

皆が熱心に聞いてくれるからか、広太の口調は楽しそうだ。隣で聞いている美雪の表情も明るい。おそらくあの日の出来事については二人で何度も振り返り、ついには笑い話にできるようになったのだろう。

でもあたしはそうじゃない、と桃実は嬉々《きき》として話し続けている広太を睨《にら》みつけた。

あの日のショックからは、まだ立ち直れていない。思い出すと、やはり憂鬱《ゆううつ》な気持ちになる。あの後、たった一人で乗った帰りの新幹線の中では、涙が止まらなかった。

広太の話は、いくつかの山場を越えた後、いよいよクライマックスに差し掛かっていた。話の流れがじつにうまく整理されているのは、これまでに何度も人に説明しているからかもしれない。もはやこの男の定番の自虐ネタなのだろう。自分がそのネタの登場人物の一人だと思うと、桃実は腹立たしく、情けなく、悲しかった。

「それで僕たちもゴンドラを降りたら、美雪がこっちを見てるんですよ。なぜか僕の後ろを。そうして、次に何といったと思います？」

そこまで聞いたところで、まずい、と桃実は思った。あの時のことはよく覚えている。桃実がゴンドラを降りた直後、美雪は名前を呼びかけてきたのだ。ももみっ、と。

もし広太がここでその名前を口にしても、動じないでいようと桃実は腹をくくった。日田や水城たちは、単に名前が同じなだけだと思うだろう。

「何といったんですか？」月村が訊いた。

広太はもったいをつけるように少し間を置いてからいった。

「大声で名前を呼んだんです。その時に僕と一緒にいた女の子の名前を」

えーっ、とまたしても皆が声を上げた。

「どうしてどうして？　どういうこと？」秋菜はすっかり興奮している。

「何と、彼女は美雪の高校時代の同級生だったんです。二人は久しぶりの再会を喜んでいる様子でしたが、僕の頭の中は真っ白です。その後のことは意識が朦朧《もうろう》としていてよく覚えていないんですけど、結局その場で全部ばれてしまい、両方に振られたというわけです」

「へえぇ」水城が首を振った。「世の中には、ついてない人がいるもんだなあ」

「こういっちゃあ何ですけど、わりと馬鹿ですね」秋菜が広太にいった。

「すみません。馬鹿でした」

「今でも結構馬鹿でしょ」隣から美雪が釘《くぎ》を刺す。

「でも心を入れ替えて、今が幸せならいいじゃないですかあ」麻穂がとりなした。

「まあ、そうなんだけど」美雪はまんざらでもなさそうだ。

どうやら広太の自虐ネタ披露は終わったらしい。とりあえず自分の名前が出てこなかったので、桃実はほっとしていた。

「だけどなあ、気をつけたほうがいいよ、橋本さん。浮気する男ってのは、ほとぼりが冷めたら、またやっちゃうもんだから」

水城の言葉に、「あんたがそれをいうわけ？」と隣から秋菜が突っ込んだ。

「俺だからいえるんだよ。あれこれ卒業した身だから」

「ほんとに卒業したんだろうね」

「俺のことはいいだろ。今は橋本さんの旦那さんの話をしてるんだから」

「いや、もう懲りています、十分に。今は真面目なものです」広太は殊勝な様子で頭を下げた後、なあ、と美雪に同意を求めた。

「まあ、それなりにおとなしくしているみたいです」

「それなりにってことはないだろ」広太は不満そうに口を尖《とが》らせた。「あの時の彼女とだって、何もしてなかったんだし」

「するつもりだったでしょ。だって泊まる予定だったんだから」

「そうなんだけど、俺は日帰りを提案したんだよ。でも向こうがさ、どうせなら泊まりで行きたいといってゴネたんだ」

広太の言葉に、桃実はゴーグルの下で眉をぴくつかせた。泊まりで行きたいとゴネた？このあたしが？

何をいってるんだ、と改めて広太を睨む。泊まりで行こうといいだしたのはあんたじゃないか――。

「積極的な女性だったんですね」麻穂が真に受けて相槌《あいづち》を打った。

「そうそう。合コンで知り合ったんだけど、最初からやけに積極的で、ついこっちも誘いに乗っちゃったんですよ」

おいおいおいおい、ちょっと待て——桃実は口を挟みたい衝動に駆られた。何、わけのわからないことをいってるんだ。おまえのほうから必死で口説いてきたんだろうが。

だが堪《こら》えるしかなかった。ようやく日田と付き合おうと決心したのだ。こんなところで正体を明かしたら、すべてがパーになる。

「誘いに乗るほうが悪いと思うんだけど」美雪がいった。

「それはそうだけど、あそこまで大胆に攻めてこられると、大抵の男はフラフラと行っちゃうと思うよ」

「へえ、どんなふうに攻めてきたんですか」水城が興味を示した。

「はっきりいって悩殺作戦です。その彼女、結構胸が大きかったんですけど、ブラウスのボタンを二つほど外して、谷間を見せつけてくるんです。僕の前でわざと屈《かが》んだりして」

悩殺？　谷間？　桃実の頭は噴火寸前だ。誰がそんなことをした？　あの日はブラウスなんか着ていってない。しかし——しかしここは堪えるしかない。ゴンドラは間もなく終点に着く。

「そんなことをやられたら、男としては逃げるわけにはいきませんね」

水城の言葉に、「でしょう？」と広太は調子に乗って声のトーンを上げた。

「相手に恥をかかせちゃいけないと思って、僕も応じたわけです。その場かぎりのつもりだったんです。ところが合コンの後もしつこく連絡してくるものだから、こっちも根負けしたというか……」

我慢だ、我慢、何も考えないでおこう——桃実は無念無想の世界に入ろうとした。

「大体ですね、こっちに彼女がいるってことは、最初の合コンの時にいってあったはずなんです」広太は、さらにわけのわからない、桃実の記憶には全くないことをいいだした。

「えっ、そうなの？」美雪も初耳という顔で訊く。

「そうなんだよ。いったはずなんだ。それなのにアタックしてきたってことは、横取りする気だったんだと思う」

辛抱、辛抱、聞こえない、聞こえない——。

「へえー、こわい女性だったんだ」秋菜がいった。

「じゃあ、その彼女に引っ掛かってたら、今頃はどうなってたでしょうね」水城が問う。

「ろくなことになってなかったと思いますよ。適当に遊ばれて、捨てられてたんじゃないかなあ。本当に危ないところだったわけです。そういう意味では、あの時の事件は僕にとってラッキーでした。このゴンドラは、幸運の恋のゴンドラです」

はっはっは、と広太が笑った瞬間、桃実の頭の中で何かがスパークした。

その直後、ゴンドラが到着した。扉が開き、皆が降り始めた。

しかし桃実は降りなかった。たった一人でゴンドラ内に留《とど》まった。

皆が不思議そうな顔をして見ている。

どうしたの、と日田の口が動いた。

彼に向かって、さようなら、と桃実は呟いた。

そして仁王立ちで広太を睨みつけながら、ゆっくりとゴーグルとフェイスマスクを外した。

数秒後、里沢温泉スキー場に絶叫がこだました。

〈初出〉

ゴンドラ　SnowBoarder 2016 vol.1

リフト　SnowBoarder 2016 vol.2

プロポーズ大作戦　SnowBoarder 2016 vol.3

ゲレコン　POWDER SNOWBOARD SPECIAL

スキー一家　Skiカタログ2017

プロポーズ大作戦　リベンジ　SnowBoarder 2017 vol.1

ゴンドラ　リプレイ　SnowBoarder 2017 vol.2

すべて特別付録として収録

恋《こい》のゴンドラ

2016年11月5日　初版第1刷発行

【著者略歴】東野圭吾（ひがしの・けいご）
1958年、大阪府生まれ。大阪府立大学工学部卒業。85年『放課後』で第31回江戸川乱歩賞を受賞しデビュー。99年『秘密』で第52回日本推理作家協会賞、2006年『容疑者Xの献身』で第134回直木賞、第6回本格ミステリ大賞、12年『ナミヤ雑貨店の奇蹟』で第7回中央公論文芸賞、13年『夢幻花』で第26回柴田錬三郎賞、14年『祈りの幕が下りる時』で第48回吉川英治文学賞を受賞。近著に『ラプラスの魔女』『人魚の眠る家』『危険なビーナス』など。スノーボードをこよなく愛し、ゲレンデを舞台としたミステリーに『白銀ジャック』『疾風ロンド』がある。

著者　東野圭吾
発行者　岩野裕一
発行所　株式会社 実業之日本社
〒153-0044
東京都目黒区大橋1-5-1クロスエアタワー8階
電話　（編集部）03-6809-0473
　　　（販売部）03-6809-0495
http://www.j-n.co.jp/
小社のプライバシー・ポリシーは上記ホームページをご覧ください。

DTP　株式会社ラッシュ
印刷所　大日本印刷株式会社
製本所　株式会社ブックアート

ISBN978-4-408-53695-8（第二文芸）